U0112862

古詩源卷四

漢詩

古詩爲焦仲卿妻作

漢末建安中，廬江府小吏焦仲卿妻劉氏，爲仲卿母所遣，自誓不嫁，其家逼之，乃投水而死。仲卿聞之，亦自縊于庭樹。時傷之，爲詩云爾。

孔雀東南飛，五里一徘徊。十三能織素，十四學裁衣，十五彈箜篌，十六誦詩書，十七爲君婦，心中常苦悲。君既爲府吏，守節情不移，賤妾留空房，相見常日稀。鷄鳴入機織，夜夜不得息，三日斷五匹，大人故嫌遲。非爲織作遲，君家婦難爲。妾不堪驅使，徒留無所施。便可白公姥，及時相遣歸。府吏得聞之，堂上啓阿母：兒已薄禄相，幸復得此婦。結髮同枕席，黄泉共爲友。共事二三年，始爾未爲久。女行無偏斜，何意致不厚？阿母謂府吏：何乃太區區？此婦無禮節，舉動自專由。吾意久懷忿，汝豈得自由。東家有賢女，自名秦羅敷。可憐體無比，阿母爲汝求。便可速遣之，遣去慎莫留。府吏長跪答，伏惟啓阿母：今若遣此婦，終老不復取。阿母得聞之，椎床便大怒：小子無所畏，何敢助婦語？吾已失恩義，會不相從許。府吏默無聲，再拜還入户。舉言謂新婦，哽咽不能語：我自不驅卿，逼迫有阿母。卿但暫還家，吾今且報府，不久當歸還，還必相迎取。以此下心意，慎勿違吾語。新婦謂府吏：勿復重紛紜。往昔初陽歲，謝家來貴門。奉事循公姥，進止敢自專？晝夜勤作息，伶俜縈苦辛。謂言無罪過，供養卒大恩。仍更被驅遣，何言復來還。妾有綉腰襦，葳蕤自生光；紅羅複斗帳，四角垂香囊；箱簾六七十，緑碧青絲繩。物物各自異，種種在其中。人賤物亦鄙，不足迎後人。留待作遺施，于今無會因。時時爲安慰，久久莫相忘。鷄鳴外欲曙，新婦起嚴妝。著我綉裌裙，事事四五通。足下躡絲履，頭上玳瑁光。腰若流紈素，耳著明月璫。指如削葱根，口如含朱丹。纖纖作細步，精妙世無雙。上堂拜阿母，母聽去不止。昔作女兒時，生小出野里，本自無教訓，兼愧貴家子。受母錢帛多，不堪母驅使。今日還家去，念母勞家裏。却與小姑别，泪落連珠子。新婦初來時，小姑始扶床，今日被驅遣，小姑如我長。勤心養公姥，好自相扶將，初七及下九，嬉戲莫相忘。出門登車去，涕落百餘行。府吏馬在前，新婦車在後，隱隱何甸甸，俱會大道口。下馬入車中，低頭共耳語：誓不相隔卿，且暫還家去，吾今且赴府，不久當還歸，誓天不相負。新婦謂府吏：感君區區懷。君既若見録，不久望君來。君當作磐石，妾當作蒲葦；蒲葦紉如絲，磐石無轉移。我有親父兄，性行暴如雷，恐不任我意，逆以煎我懷。舉手長勞勞，二情同依依。入門上家堂，進退無顔儀。阿母大拊掌：不圖子自歸。十三教汝織，十四能裁衣，十五彈箜篌，十六知禮儀，十七遣汝嫁，謂言無誓違。汝今何罪過，不迎而自歸？蘭芝慚阿母，兒實無罪過。阿母大悲摧。還家十餘日，縣令遣媒來。云有第三郎，窈窕世無雙。年始十八九，便言多令才。阿母謂阿女：汝可去應之。阿女銜泪答：蘭芝初還時，府吏見丁寧，結誓不别離。今日違情義，恐此事非奇。自可斷來信，徐徐更謂之。阿母白媒人：貧賤有此女，始適還家門。不堪吏人婦，豈合令郎君？幸可廣問訊，不得便相許。媒人去數日，尋遣丞請還。説有蘭家女，承籍有宦官。云有第五郎，嬌逸未有婚。遣丞爲媒人，主簿通語言。直説太守家，有此令郎君，既欲結大義，故遣來貴門。阿母謝媒人：女子先有誓，老姥豈敢言？阿兄得聞之，悵然心中煩，舉言謂阿妹：作計何不量。先嫁得府吏，後嫁得郎君，否泰如天地，足以榮汝身。不嫁義郎體，其往欲何云？蘭芝仰頭答：理實如兄言。謝家事夫婿，中道還兄門，處分適兄意，那得自任專？雖與府吏要，渠會永無緣。登即相許和，便可作婚姻。媒人下床去，諾諾復爾爾。還部白府君：下官奉使命，言談大有緣。府君得聞之，心中大歡喜。視曆復開書，便利此月內，六合正相應。良吉三十日，今已二十七，卿可去成婚。交語速裝束，絡繹如浮雲。青雀白鵠舫，四角龍子幡，婀娜隨風轉。金車玉作輪，躑躅青驄馬，流蘇金縷鞍。齎錢三百萬，皆用青絲穿。雜綵三百匹，交廣市鮭珍。從人四五百，鬱鬱登郡門。阿母謂阿女：適得府君書，明日來迎汝。何不作衣裳？莫令事不舉。阿女默無聲，手巾掩口啼，泪落便如瀉。移我琉璃榻，出置前窗下。左手持刀尺，右手執綾羅。朝成繡裌裙，晚成單羅衫。晻晻日欲暝，愁思出門啼。府吏聞此變，因求假暫歸。未至二三里，摧藏馬悲哀。新婦識馬聲，躡履相逢迎。悵然遥相望，知是故人來。舉手拍馬鞍，嗟嘆使心傷：自君别我後，人事不可量。果不如先願，又非君所詳。我有親父母，逼迫兼弟兄。以我應他人，君還何所望。府吏謂新婦：賀卿得高遷。磐石方且厚，可以卒千年；蒲葦一時紉，便作旦夕間。卿當日勝貴，吾獨向黄泉。新婦謂府吏：何意出此言。同是被逼迫，君爾妾亦然。黄泉下相見，勿違今日言。執手分道去，各各還家門。生人作死别，恨恨那可論。念與世間辭，千萬不復全。府吏還家去，上堂拜阿母：今日大風寒，寒風摧樹木，嚴霜結庭蘭。兒今日冥冥，令母在後單。故作不良計，勿復怨鬼神。命如南山石，四體康且直。阿母得聞之，零泪應聲落：汝是大家子，仕宦于臺閤。慎勿爲婦死，貴賤情何薄？東家有賢女，窈窕豔城郭。阿母爲汝求，便復在旦夕。府吏再拜還，長嘆空房中，作計乃爾立。轉頭向户裏，漸見愁煎迫。其日牛馬嘶，新婦入青廬。奄奄黄昏後，寂寂人定初。我命絶今日，魂去尸長留。攬裙脱絲履，舉身赴清池。府吏聞此事，心知長别離，徘徊庭樹下，自挂東南枝。兩家求合葬，合葬華山傍。東西植松柏，左右種梧桐。枝枝相覆蓋，葉葉相交通。中有雙飛鳥，自名爲鴛鴦，仰頭相向鳴，夜夜達五更。行人駐足聽，寡婦起彷徨。多謝後世人，戒之慎勿忘。

共一千七百八十五字，古今第一首長詩也。淋淋漓漓，反反覆覆，雜述十數人口中語，而各肖其聲音面目，豈非化工之筆？○長篇詩若平平敘去，恐無色澤，中間須點染華縟，五色陸離，使讀者心目俱炫，如篇中新婦出門時，『妾有綉羅襦』一段，太守擇日後，『青雀白鵠舫』一段是也。○作詩貴剪裁。入手若敘兩家家世，末段若敘兩家如何悲慟，豈不冗漫拖沓？故竟以一二語了之，極長詩中具有剪裁也。○别小姑一段，悲愴之中，復極温厚，風人之旨，固應爾耳。唐人作《棄婦》篇，直用其語云：『憶我初來時，小姑始扶床。今别小姑去，小姑如我長。』下忽接二語云：『回頭語小姑，莫嫁如兄夫。』輕薄無餘味矣，故君子立言有則。○『否泰如天地』一語，小人但慕富貴，不顧禮義，實有此口吻。○蒲葦磐石，即以新婦語誚之，樂府中每多此種章法。

古詩十九首

十九首非一人一時作，《玉臺》以中幾章爲枚乘，《文心雕龍》以《孤竹》一篇爲傅毅之詞，《昭明》以不知姓氏，統名爲古詩，從《昭明》爲允。

行行重行行，與君生别離。相去萬餘里，各在天一涯。道路阻且長，會面安可知。胡馬依北風，越鳥巢南枝。相去日已遠，衣帶日已緩。浮雲蔽白日，游子不顧反。思君令人老，歲月忽已晚。棄捐勿復道，努力加餐飯。

起是俚語，極韻。○陸賈曰：邪臣之蔽賢，猶浮雲之障日月。古《楊柳行》曰：『讒邪害公正，浮雲蔽白日。』○思君令人老，本《小弁》『維憂用老』句。

青青河畔草，鬱鬱園中柳。盈盈樓上女，皎皎當窗牖。娥娥紅粉妝，纖纖出素手。昔爲倡家女，今爲蕩子婦。蕩子行不歸，空床難獨守。

用疊字，從衛《碩人》『河水洋洋，北流活活』一章化出。

青青陵上柏，磊磊磵中石。人生天地間，忽如遠行客。斗酒相娱樂，聊厚不爲薄。驅車策駑馬，游戲宛與洛。洛中何鬱鬱，冠帶自相索。長衢羅夾巷，王侯多第宅。兩宫遥相望，雙闕百餘尺。極宴娱心意，戚戚何所迫。起言柏與石長存，而人異于樹石也。

今日良宴會，歡樂難具陳。彈箏奮逸響，新聲妙入神。令德唱高言，識曲聽其真。齊心同所願，含意俱未申。人生寄一世，奄忽若飆塵。何不策高足，先據要路津。無爲守窮賤，轗軻長苦辛。據要津乃詭詞也，古人感憤，每有此種。

西北有高樓，上與浮雲齊。交疏結綺窗，阿閣三重階。上有弦歌聲，音響一何悲。誰能爲此曲，無乃杞梁妻。清商隨風發，中曲正徘徊。一彈再三嘆，慷慨有餘哀。不惜歌者苦，但傷知音稀。願爲雙鳴鶴，奮翅起高飛。但傷知音稀，與『識曲聽其真』同意。

涉江採芙蓉，蘭澤多芳草。采之欲遺誰，所思在遠道。還顧望舊鄉，長路漫浩浩。同心而離居，憂傷以終老。

明月皎夜光，促織鳴東壁。玉衡指孟冬，衆星何歷歷。白露沾野草，時節忽復易。秋蟬鳴樹間，玄鳥逝安適。昔我同門友，高舉振六翮。不念攜手好，棄我如遺迹。南箕北有斗，牽牛不負軛。良無磐石固，虛名復何益。『南箕』二語，言有名而無實也，此興意與『玉衡指孟冬』正用者自別。

冉冉孤生竹，結根泰山阿。與君爲新婚，兔絲附女羅。兔絲生有時，夫婦會有宜。千里遠結婚，悠悠隔山陂。思君令人老，軒車來何遲。傷彼蕙蘭花，含英揚光輝。過時而不采，將隨秋草萎。君亮執高節，賤妾亦何爲。起四句比中用比。○『悠悠隔山陂』，情已離矣，而望之無已，不敢作决絶怨恨語，温厚之至也。

庭中有奇樹，緑葉發華滋。攀條折其榮，將以遺所思。馨香盈懷袖，路遠莫致之。此物何足貴，但感別經時。何足貴，《文選》作『何足貢』，謂獻也，較有味。

迢迢牽牛星，皎皎河漢女。纖纖擢素手，札札弄機杼。終日不成章，泣涕零如雨。河漢清且淺，相去復幾許。盈盈一水間，脉脉不得語。相近而不能達情，彌復可傷，此亦託興之詞。

回車駕言邁，悠悠涉長道。四顧何茫茫，東風摇百草。所遇無故物，焉得不速老。盛衰各有時，立身苦不早。人生非金石，豈能長壽考。奄忽隨物化，榮名以爲寶。不得已而託之身後之名，與託之游仙飲酒者同意。

東城高且長，逶迤自相屬。回風動地起，秋草萋已緑。四時更變化，歲暮一何速。晨風懷苦心，蟋蟀傷局促。蕩滌放情志，何爲自結束。燕趙多佳人，美者顔如玉。被服羅裳衣，當户理清曲。音響一何悲，弦急知柱促。馳情整中帶，沉吟聊躑躅。思爲雙飛燕，銜泥巢君屋。或以「燕趙多佳人」下，另作一首。

驅車上東門，遥望郭北墓。白楊何蕭蕭，松柏夾廣路。下有陳死人，杳杳即長暮。潛寐黄泉下，千載永不寤。浩浩陰陽移，年命如朝露。人生忽如寄，壽無金石固。萬歲更相送，賢聖莫能度。服食求神仙，多爲藥所誤。不如飲美酒，被服紈與素。《莊子》曰：「人而無人道，是謂陳人也。」郭象曰：「陳，久也。」

去者日以疎，來者日以親。出郭門直視，但見丘與墳。古墓犁爲田，松柏摧爲薪。白楊多悲風，蕭蕭愁殺人。思還故里閭，欲歸道無因。

生年不滿百，常懷千歲憂。晝短苦夜長，何不秉燭游。爲樂當及時，何能待來兹。愚者愛惜費，但爲後世嗤。仙人王子喬，難可與等期。

凛凛歲云暮，螻蛄夕鳴悲。涼風率已厲，游子寒無衣。錦衾遺洛浦，同袍與我違。獨宿累長夜，夢想見容輝。良人惟古歡，枉駕惠前綏。願得常巧笑，携手同車歸。既來不須臾，又不處重闈。亮無晨風翼，焉能淩風飛。眄睞以適意，引領遥相睎。徙倚懷感傷，垂涕沾雙扉。此相見無期，託之于夢也。「既來不須臾」二語，恍恍惚惚，寫夢境入神。

孟冬寒氣至，北風何慘慄。愁多知夜長，仰觀衆星列。三五明月滿，四五蟾兔缺。客從遠方來，遺我一書札。上言長相思，下言久離別。置書懷袖中，三歲字不滅。一心抱區區，懼君不識察。（置書懷袖，親之也。三歲不滅，永之也。然區區之誠，君豈能察識哉！用意措詞，微而婉矣。）

客從遠方來，遺我一端綺。相去萬餘里，故人心尚爾。文彩雙鴛鴦，裁爲合歡被。著（掌呂反。）以長相思，緣（以絹切。）以結不解。以膠投漆中，誰能別離此。

明月何皎皎，照我羅床幃。憂愁不能寐，攬衣起徘徊。客行雖云樂，不如早旋歸。出户獨彷徨，愁思當告誰。引領還入房，泪下沾裳衣。（十九首大率逐臣、棄妻、朋友闊絶、死生新故之感，中間或寓言，或顯言，反覆低徊，抑揚不盡，使讀者悲感無端，油然善入，此《國風》之遺也。○言情不盡，其情乃長，後人患在好盡耳。讀《十九首》應有會心。○清和平遠，不必奇闢之思、驚險之句，而漢京諸古詩皆在其下，五言中方員之至。）

擬蘇李詩

晨風鳴北林，熠熠東南飛。願言所相思，日暮不垂帷。明月照高樓，

想見餘光輝。玄鳥夜過庭，髣髴能復飛。褰裳路踟蹰，彷徨不能歸。浮雲日千里，安知我心悲。思得瓊樹枝，以解長渴飢。（擬詩非不高古，然乏和宛之音，去蘇李已遠。）

鳳皇鳴高岡，有翼不好飛。安知鳳皇德，貴其來見稀。（闕。）

紅塵蔽天地，白日何冥冥。微陰盛殺氣，凄風從此興。招摇西北指，天漢東南傾。嗟爾穹廬子，獨行如履冰。短褐中無緒，帶斷續以繩。瀉水置瓶中，焉辨淄與澠。巢父不洗耳，後世有何稱。

古詩

上山采蘼蕪，下山逢故夫。長跪問故夫，新人復何如。新人雖言好，未若故人姝。顏色類相似，手爪不相如。新人從門入，故人從閤去。新人工織縑，故人工織素。織縑日一匹，織素五丈餘。將縑來比素，新人不如故。（「手爪」謂手所織。）

悲與親友別，氣結不能言。贈子以自愛，道遠會見難。人生無幾時，顛沛在其間。念子棄我去，新心有所歡。結志青雲上，何時復來還。

古詩三首

橘柚垂華實，乃在深山側。聞君好我甘，竊獨自彫飾。委身玉盤中，歷年冀見食。芳菲不相投，青黄忽改色。人儻欲我知，因君爲羽翼。區區之誠，冀達高遠，通首托物寄興，不露正意，彌見其高。

十五從軍征，八十始得歸。道逢鄉里人，家中有阿誰。遥望是君家，松柏冢纍纍。兔從狗竇入，雉從梁上飛。中庭生旅穀，井上生旅葵。烹穀持作飯，采葵持作羹。羹飯一時熟，不知貽阿誰。出門東向望，泪落沾我衣。「遥望」二句，乃鄉人答詞，下從征者入門之詞，古人詩每滅去針線痕迹。○通章用支微韻，而「烹穀持作飯，采葵持作羹」二句，不入韻中，最是摇曳之至，非古人不能用韻也。

新樹蘭蕙葩，雜用杜蘅草。終朝采其華，日暮不盈抱。采之欲遺誰，所思在遠道。馨香易銷歇，繁華會枯槁。悵望何所言，臨風送懷抱。韻脚兩用「抱」字。

古詩一首

步出城東門，遥望江南路。前日風雪中，故人從此去。我欲渡河水，河水深無梁。願爲雙黄鵠，高飛還故鄉。

古詩二首

采葵莫傷根，傷根葵不生。結交莫羞貧，羞貧友不成。

甘瓜抱苦蒂，美棗生荆棘。利傍有倚刀，貪人還自賊。

古絶句

藁砧今何在，山上復有山。何當大刀頭，破鏡飛上天。通首隱語。

菟絲從長風，根莖無斷絶。無情尚不離，有情安可别。

◎雜歌謠辭

古歌

高田種小麥，終久不成穗。男兒在他鄉，焉得不憔悴。

興意若相關若不相關，所以爲妙。

淮南民歌

《漢書》：淮南厲王長，高帝少子也。廢法不軌，文帝徙之蜀嚴，道死，民作歌云。〇下雜録歌謡。

一尺布，尚可縫。一斗粟，尚可舂。兄弟二人不相容。

潁川歌

《漢書》：灌夫不好文學，喜任俠，重然諾，諸所與交通，無非豪杰大猾，家累數千萬，食客日數十百人，陂池田園，宗族賓客，爲權利橫潁川，潁川兒歌之。

潁水清，灌氏寧。潁水濁，灌氏族。

鄭白渠歌

《漢書》：漢大始中，趙中大夫白公奏穿鄭國渠，引涇水溉田，民得其饒，歌曰。

田于何所，池陽谷口。鄭國在前，白渠起後。舉鍤如雲，決渠爲雨。

涇水一石，其泥數斗。且溉且糞，長我禾黍。衣食京師，億萬之口。

鮑司隸歌

《列異傳》云：鮑宣，宣子永，永子昱，三世皆爲司隸，而乘一驄馬，京師人歌之。

鮑氏驄，三人司隸再入公。馬雖瘦，行步工。

隴頭歌二首

隴頭流水，流離四下。念我行役，飄然曠野。登高望遠，涕零雙墮。

隴頭流水，鳴聲幽咽。遥望秦川，肝腸斷絶。

牢石歌

《漢書·佞幸傳》：元帝時，宦官石顯爲中書令，與僕射牢梁、少府五鹿充宗，結爲黨友，附倚者皆得寵位，民歌云云。

牢耶石耶，五鹿客耶。印何纍纍，綬若若耶。

五鹿歌

《漢書》：五鹿充宗貴幸，爲《梁丘易》，元帝令與諸易家辨論，諸儒莫能抗。有薦朱雲者，攝齊登堂，抗首而講，音動左右，故諸儒語曰。

五鹿岳岳，朱雲折其角。

匈奴歌

《十道志》：焉支、祁連二山，皆美水草，匈奴失之，乃作此歌。

失我焉支山，令我婦女無顏色。失我祁連山，使我六畜不蕃息。

成帝時燕燕童謠

《漢書·五行志》：成帝爲微行出游，常與富平侯張放俱，稱富平侯家人。過河陽主作樂，見舞者趙飛燕而幸之。後宫皇子，卒皆誅死。

燕，燕，尾涎涎。張公子，時相見。木門倉琅根，燕飛來，啄皇孫。皇孫死，燕啄矢。首二燕字，一字一句，張公子，謂富平侯也。

逐彈丸《西京雜記》：韓嫣好彈，以金爲丸，京師兒童，聞嫣出彈，輒隨之。

苦飢寒，逐彈丸。

成帝時歌謡 見《漢書·五行志》。

邪徑敗良田，讒口亂善人。桂樹華不實，黃爵巢其顛。昔爲人所羨，今爲人所憐。桂，赤色，漢家象。華不實，無繼嗣也。王莽自謂黃象，巢其顛，篡形已成也。

投閣《漢書》：王莽篡位後，復上符命者，莽盡誅之。時揚雄校書天禄閣，使者欲收雄，雄恐，乃從閣自投，幾死。京師語曰。

惟寂寞，自投閣。爰清静，作符命。

竈下養《東觀漢紀》：更始在長安，所授官爵，皆群小賈人，或膳夫、庖人，長安語曰。

竈下養，中郎將。爛羊胃，騎都尉。爛羊頭，關内侯。

城中謡《後漢書》：前世長安城中謡言。改政移風，必有其本。上之所好，下必甚焉。

城中好高髻，四方高一尺。城中好廣眉，四方且半額。城中好大袖，四方全匹帛。

蜀中童謡《後漢書·五行志》：世祖時建武六年蜀中童謡。是時公孫述僭號于蜀，時人竊言王莽稱黃，述欲繼之，故稱白。五銖，漢家物，明當復也，述遂誅滅。

黃牛白腹，五銖當復。

順帝時京都童謡《後漢書·五行志》：李固争清河王當立，梁冀立蠡吾侯。固幽斃于獄，而胡廣、趙戒、袁湯等一時封侯。京都童謡云。

直如弦，死道邊。曲如鈎，反封侯。

考城諺《後漢書》：仇覽，考城人，爲蒲亭長。初到亭，有陳元之母，告元不孝，覽親到元家，爲陳人倫孝行，諭以禍福。元卒成孝子，鄉邑爲之諺曰。

父母何在在我庭，化我鴟梟哺所生。

桓帝初小麥童謡《後漢書·五行志》：元嘉中，凉州諸羌，一時俱反。命將出師，每戰常負，故云云。

小麥青青大麥枯，誰當穫者婦與姑，丈夫何在西擊胡。吏買馬，君具車，請爲諸君鼓嚨胡。鼓嚨胡，不敢公言，私咽語也。

桓靈時童謡 《後漢書》曰：桓帝之世，更相濫舉，人爲之謡。

舉秀才，不知書。舉孝廉，父别居。寒素清白濁如泥，音涅。高第良將怯如黽。音滅。

城上烏童謡 《後漢書·五行志》曰：桓帝初京師童謡。按此刺爲政之貪也。『車班班，入河間』，言桓帝將崩，乘輿入河間迎靈帝也。河間姹女工數錢以下，靈帝既立，其母永樂太后好聚金錢，教靈帝賣官受錢。天下忠義之士，欲擊懸鼓以陳，而大吏既怒，無如何也。

城上烏，尾畢逋。公爲吏，子爲徒。一徒死，百乘車。車班班，入河間。河間姹女工數錢，以錢爲室金爲堂。石上慊慊舂黄粱。梁下有懸鼓，我欲擊之丞相怒。歌謡領其大意，不必字字歸著，與其穿鑿，毋寧闕疑。

靈帝末京都童謡 《後漢書·五行志》曰：靈帝之末，京都童謡。○獻帝初立，未有爵號，爲中常侍段等所執，公卿百官，皆隨其後，到河上乃得還，此爲

侯非侯，王非王，千乘萬騎上北邙。非侯非王上北邙者也。

丁令威歌 《搜神記》：遼東城門有華表柱，忽有一白鶴集柱頭，時有少年欲射之，鶴乃飛，徘徊空中而言云。

有鳥有鳥丁令威，去家千歲今來歸。城郭如故人民非，何不學仙冢纍纍。

蘇耽歌 《神仙傳》：蘇耽仙去後，一鶴降郡屋，久而不去，郡僚子弟彈之，鶴乃舉足畫屋，若書字焉，其辭云云。

鄉原一别，重來事非。甲子不記，陵谷遷移。白骨蔽野，青山舊時。翹足高屋，下見群兒。我是蘇仙，彈我何爲。翻身雲外，却返吾居。連上首，應是後人擬作，詞有可取，取之。

古詩源卷五

魏詩

◎**武帝** 孟德詩猶是漢音，子桓以下，純乎魏響。○沈雄俊爽，時露霸氣。

短歌行 言當及時爲樂也。

對酒當歌，人生幾何。譬如朝露，去日苦多。慨當以慷，幽思難忘。何以解憂，惟有杜康。青青子衿，悠悠我心。但爲君故，沉吟至今。呦呦鹿鳴，食野之苹。我有嘉賓，鼓瑟吹笙。明明如月，何時可掇。憂從中來，不可斷絶。越陌度阡，枉用相存。契闊談讌，心念舊恩。月明星稀，烏鵲南飛。繞樹三匝，何枝可依。山不厭高，海不厭深。周公吐哺，天下歸心。

『月明星稀』四句，喻客子無所依托。山不厭高四句，言王者不却衆庶，故能成其大也。

觀滄海

東臨碣石，以觀滄海。水何澹澹。山島竦峙。樹木叢生，百草豐茂。秋風蕭瑟，洪波涌起。日月之行，若出其中。星漢燦爛，若出其裏。幸甚至哉，歌以詠志。有吞吐宇宙氣象。

土不同

鄉土不同，河朔隆寒。流澌浮漂，舟船行難。錐不入地，蘴籟深奥。水竭不流，冰堅可蹈。士隱者貧，勇俠輕非。心常嘆怨，戚戚多悲。幸甚至哉，歌以詠志。即好勇疾貧亂也之意，寫得蒼勁蕭瑟。

龜雖壽

神龜雖壽，猶有竟時。騰蛇成霧，終爲土灰。老驥伏櫪，志在千里。

烈士暮年，壯心不已。盈縮之期，不獨在天。養怡之福，可得永年。幸甚至哉，歌以詠志。『盈縮之期，不獨在天』，言已可造命也。〇曹公四言，于三百篇外，自開奇響。

薤露

惟漢二十世，所任誠不良。沐猴而冠帶，知小而謀彊。猶豫不敢斷，因狩執君王。白虹爲貫日，己亦先受殃。賊臣執國柄，殺主滅宇京。蕩覆帝基業，宗廟以燔喪。播越西遷移，號泣而且行。瞻彼洛城郭，微子爲哀傷。此指何進召董卓事，漢末實録也。

蒿里行

關東有義士，興兵討群凶。初期會盟津，乃心在咸陽。軍合力不齊，躊躇而雁行。勢利使人争，嗣還自相戕。淮南弟稱號，刻璽于北方。鎧甲生蟣虱，萬姓以死亡。白骨露于野，千里無鷄鳴。生民百遺一，念之斷人腸。此指本初、公路輩，討董卓而不能成功也。〇借古樂府寫時事，始于曹公。

苦寒行

北上太行山，艱哉何巍巍。羊腸坂詰屈，車輪爲之摧。樹木何蕭瑟，北風聲正悲。熊羆對我蹲，虎豹夾路啼。谿谷少人民，雪落何霏霏。延頸長嘆息，遠行多所懷。我心何怫鬱，思欲一東歸。水深橋梁絶，中路正徘徊。迷惑失故路，薄暮無宿棲。行行日已遠，人馬同時飢。擔囊行取薪，斧冰持作糜。悲彼東山詩，悠悠使我哀。

却東西門行

鴻雁出塞北，乃在無人鄉。舉翅萬里餘，行止自成行。冬節食南稻，春日復北翔。田中有轉蓬，隨風遠飄揚。長與故根絶，萬歲不相當。奈何此征夫，安得去四方。戎馬不解鞍，鎧甲不離傍。冉冉老將至，何時返故鄉。神龍藏深泉，猛獸步高岡。狐死歸首丘，故鄉安可忘。

◎文帝

子桓詩有文士氣，一變乃父悲壯之習矣。要其便娟婉約，能移人情。

短歌行

仰瞻帷幕，俯察几筵。其物如故，其人不存。神靈倏忽，棄我遐遷。靡瞻靡恃，泣涕漣漣。呦呦游鹿，銜草鳴麑。翩翩飛鳥，挾子巢棲。我獨孤煢，懷此百離。憂心孔疚，莫我能知。人亦有言，憂令人老。嗟我白髮，生一何早。長吟永嘆，懷我聖考。曰仁者壽，胡不是保。此思親之作。

善哉行

上山採薇，薄暮苦饑。谿谷多風，霜露沾衣。野雉群雊，猴猿相追。還望故鄉，鬱何壘壘。平聲。高山有崖，林木有枝。憂來無方，人莫之知。人生如寄，多憂何爲。今我不樂，歲月如馳。湯湯川流，中有行舟。隨波

迴轉，有似客游。策我良馬，被我輕裘。載馳載驅，聊以忘憂。此詩客游之感，憂來無方，寫憂劇深。末指客游似行舟，反以行舟似客游言之，措語既工復活。

雜詩

漫漫秋夜長，烈烈北風涼。展轉不能寐，披衣起彷徨。彷徨忽已久，白露沾我裳。俯視清水波，仰看明月光。天漢迴西流，三五正縱橫。草蟲鳴何悲，孤雁獨南翔。鬱鬱多悲思，綿綿思故鄉。願飛安得翼，欲濟河無梁。向風長嘆息，斷絕我中腸。

西北有浮雲，亭亭如車蓋。惜哉時不遇，適與飄風會。吹我東南行，行行至吳會。吳會非我鄉，安得久留滯。棄置勿復陳，客子常畏人。二詩以自然爲宗，言外有無窮悲感。

至廣陵于馬上作

《魏志》：黃初六年，幸廣陵故城，臨江觀兵，戎卒十餘萬，旌旗數百里。因于馬上作詩。

觀兵臨江水，水流何湯湯。戈矛成山林，玄甲耀日光。猛將懷暴怒，膽氣正縱横。誰云江水廣，一葦可以航。不戰屈敵虜，戢兵稱賢良。古公宅岐邑，實始翦殷商。孟獻營虎牢，鄭人懼稽顙。平聲。充國務耕殖，先零音憐。自破亡。興農淮泗間，築室都徐方。量宜運權略，六軍咸悦康。豈如東山詩，悠悠多憂傷。本難飛渡，却云一葦可航，此勉强之詞也。然命意使事，居然獨勝。

寡婦

友人阮元瑜早亡，傷其妻寡居，爲作是詩。

霜露紛兮交下，木葉落兮凄凄。候雁叫兮雲中，歸燕翩兮徘徊。妾心感兮惆悵，白日忽兮西頹。守長夜兮思君，魂一夕兮九乖。悵延佇兮仰視，星月隨兮天迴。徒引領兮入房，竊自憐兮孤栖。原從君兮終没，愁何可兮久懷。潘岳《寡婦賦序》曰：阮瑀既没，魏文悼之，並命知舊作《寡婦之賦》，指是篇也。

燕歌行

《廣題》曰：燕，地名。言良人從役于燕，而爲此曲。

秋風蕭瑟天氣凉，草木摇落露爲霜。群燕辭歸雁南翔，念君客游思斷腸。慊慊思歸戀故鄉，何爲淹留寄他方。賤妾煢煢守空房，憂來思君不敢忘，不覺泪下沾衣裳。援琴鳴弦發清商，短歌微吟不能長。明月皎皎照我床，星漢西流夜未央。牽牛織女遥相望，爾獨何辜限河梁。和柔巽順之意，讀之油然相感。節奏之妙，不可思議。○句句用韻，掩抑徘徊。短歌微吟不能長，恰似自言其詩。

◎甄后

塘上行

蒲生我池中，其葉何離離。傍能行仁義，莫若妾自知。衆口鑠黄金，使君生别離。念君去我時，獨愁常苦悲。想見君顔色，感結傷心脾。念君常苦悲，夜夜不能寐。莫以賢豪故，弃捐素所愛。莫以魚肉賤，弃捐葱與薤。莫以麻枲賤，弃捐菅與蒯。出亦復苦愁，入亦復苦愁。邊地多悲風，樹木何翛翛。從軍致獨樂，延年壽千秋。末路反用說開，漢人樂府，往往有之。

◎明帝

種瓜篇

種瓜東井上，冉冉自逾垣。與君新爲婚，瓜葛相結連。寄託不肖軀，有如倚太山。兔絲無根株，蔓延自登緣。萍藻託清流，常恐身不全。被蒙丘山惠，賤妾執拳拳。天日照知之，想君亦俱然。

◎曹植　子建詩五色相宣，八音朗暢，使才而不矜才，用博而不逞博。蘇、李以下，故推大家，仲宣、公幹，烏可執金鼓而抗顔行也。

朔風詩

仰彼朔風，用懷魏都。願騁代馬，倏忽北徂。凱風永至，思彼蠻方。願隨越鳥，翻飛南翔。四氣代謝，懸景同影。運周。别如俯仰，脱若三秋。

昔我初遷，朱華未希。今我旋止，素雪云飛。俯降千仞，仰登天阻。風飄蓬飛，載離寒暑。千仞易陟，天阻可越。昔我同袍，今永乖别。子好芳草，豈忘爾貽。繁華將茂，秋霜悴之。君不垂眷，豈云其誠。秋蘭可喻，桂樹冬榮。弦歌蕩思，誰與消憂。臨川暮思，何爲泛舟。豈無和樂，游非我鄰。誰忘泛舟，愧無榜人。言君雖不垂眷，而己豈得不言其誠乎？故下接『秋蘭』云云。結意和平夷愉，詩中正則。

鰕䱇篇　『䱇』，同鱓。從旦不從且，他本誤作鉏，無此字也。

鰕䱇游潢潦，不知江海流。燕雀戲藩柴，安識鴻鵠游。世士誠明性，大德固無儔。駕言登五嶽，然後小陵丘。俯觀上路人，勢利惟是謀。讎高念皇家，遠懷柔九州。撫劍而雷音，猛氣縱横浮。泛泊徒嗷嗷，誰知壯士憂。

泰山梁甫行

八方各異氣，千里殊風雨。劇哉邊海民，寄身于草野。妻子象禽獸，行止依林阻。柴門何蕭條，狐兔翔我宇。

箜篌引

置酒高殿上，親友從我游。中厨辨豐膳，烹羊宰肥牛。秦筝何慷慨，齊瑟和且柔。陽阿奏奇舞，京洛出名謳。樂飲過三爵，緩帶傾庶羞。主稱千年壽，賓奉萬年酬。久要不可忘，薄終義所尤。謙謙君子德，磬折欲何求。驚風飄白日，光景馳西流。盛時不可再，百年忽我遒。生存華屋處，零落歸山丘。先民誰不死，知命復何憂。

怨歌行

爲君既不易，爲臣良獨難。忠信事不顯，乃有（音又）見疑患。周公佐成王，金縢功不刊。推心輔王室，二叔反流言。待罪居東國，泫涕常流連。皇靈大動變，震雷風且寒。拔樹偃秋稼，天威不可干。素服開金縢，感悟求其端。公旦事既顯，成王乃哀嘆。吾欲竟此曲，此曲悲且長。今日樂相樂，别後莫相忘。『忠信事不顯』，言忠信之心，不欲人知也，如周公納祝詞于匱中之類。○末四句竟用成語，古人不忌。

名都篇

名都者，邯鄲、臨淄之類也。以刺時人騎射之妙，游騁之樂，而無憂國之心也。

名都多妖女，京洛出少年。寶劍直千金，被服麗且鮮。鬥鷄東郊道，走馬長楸間。馳騁未能半，雙兔過我前。攬弓捷鳴鏑，長驅上南山。左挽因右發，一縱兩禽連。餘巧未及展，仰手接飛鳶。觀者咸稱善，衆工歸我妍。我歸宴平樂，美酒斗十千。膾鯉臇（子兗切）胎鰕，寒鼈炙熊蹯。鳴儔嘯匹侣，列坐竟長筵。連翩擊鞠壤，巧捷惟萬端。白日西南馳，光景不可攀。雲散還城邑，清晨復來還。鄭玄《周禮注》曰：凡鳥獸未孕曰禽，不獨鳥也。○《名都》《白馬》二篇，敷陳藻彩，所謂修詞之章也。○起句以妖女陪少年，乃客意也。

美女篇

美女者，以喻君子。言君子有美行，願得賢君而事之。若不遇時，雖見徵求，終不屈也。

美女妖且閑，採桑歧路間。柔條紛冉冉，落葉何翩翩。攘袖見素手，皓腕約金環。頭上金爵釵，腰佩翠琅玕。明珠交玉體，珊瑚間木難。羅衣何飄飄，輕裾隨風還。顧盼遺光彩，長嘯氣若蘭。行徒用息駕，休者以忘餐。借問女安居，乃在城南端。青樓臨大路，高門結重關。容華耀朝日，誰不希令顏。媒氏何所營，玉帛不時安。佳人慕高義，求賢良獨難。衆人徒嗷嗷，安知彼所觀。盛年處房室，中夜起長嘆。《南越志》曰：木難，金翅鳥沫所成碧色珠也。○「玉帛不時安」，安，定也。○篇中複二「難」字。○寫美女如見君子品節，此不專以華縟勝人。

白馬篇

白馬者，言人當立功爲國，不可念私也。

白馬飾金羈，連翩西北馳。借問誰家子，幽并游俠兒。少小去鄉邑，揚聲沙漠垂。宿昔秉良弓，楛矢何參差。控弦破左的，右發摧月支。仰手接飛猱，俯身散馬蹄。狡捷過猴猿，勇剽若豹螭。邊城多警急，胡虜數遷

移。羽檄從北來，厲馬登高堤。長驅蹈匈奴，左顧凌鮮卑。棄身鋒刃端，性命安可懷。父母且不顧，何言子與妻。名編壯士籍，不得中顧私。捐軀赴國難，視死忽如歸。

聖皇篇

聖皇應曆數，正康帝道休。九州咸賓服，威德洞八幽。三公奏諸公，不得久淹留。藩位任至重，舊章咸率由。侍臣省文奏，陛下體仁慈。沉吟有愛戀，不忍聽可之。迫有官典憲，不得顧恩私。諸王當就國，璽綬何累縗。便時舍外殿，宮省寂無人。主上增顧念，皇母懷苦辛。何以爲贈賜，傾府竭寶珍。文錢百億萬，采帛若烟雲。乘輿服御物，錦羅與金銀。龍旂垂九旒，羽蓋參班輪。諸王自計念，無功荷厚德。思一效筋力，糜軀以報國。鴻臚擁節衛，副使隨經營。貴戚並出送，夾道交輜軿。車服齊整設，

韡爗曜天精。武騎衛前後，鼓吹簫笳聲。祖道魏東門，泪下沾冠纓。攀蓋因内顧，俛仰慕同生。行行將日暮，何時還闕庭。車輪爲徘徊，四馬躊躇鳴。路人尚酸鼻，何況骨肉情。處猜嫌疑貳之際，以執法歸臣下，以恩賜歸君上，此立言最得體處。王摩詰詩云：執政方持法，明君無此心。深得斯旨。○『何以爲贈賜』一段，極形君賜之盛，若詩耀不絶口者，然其情愈悲矣。

吁嗟篇 時法制待藩國峻迫，植十一年三徙都，故云。

吁嗟此轉蓬，居世何獨然。長去本根逝，夙夜無休閒。東西經七陌，南北越九阡。卒遇回風起，吹我入雲間。自謂終天路，忽然下沈泉。驚飆接我出，故歸彼中田。當南而更北，謂東而反西。叶先。宕宕當何依，忽亡而忽存。飄颻周八澤，連翩歷五山。流轉無恒處，誰知我苦艱。願爲中林草，秋隨野火燔。糜滅豈不痛，願與根荄連。遷轉之痛，至願歸糜滅，情事有不忍言者矣。此而不怨，是愈疏也。陳思之怨，爲獨得其正云。

棄婦篇

石榴植前庭，緑葉摇縹青。丹華灼烈烈，璀璨有光榮。光榮曄流離，可以戲淑靈。有鳥飛來集，拊翼以悲鳴。悲鳴夫何爲，丹華實不成。拊心常嘆息，無子當歸寧。有子月經天，無子若流星。天月相終始，流星没無精。棲遲失所宜，下與瓦石并。憂懷從中來，嘆息通鷄鳴。反側不能寐，逍遥于前庭。踟躕還入房，肅肅帷幕聲。搴帷更攝帶，撫弦彈鳴筝。慷慨有餘音，要妙悲且清。收泪長嘆息，何以負神靈。招摇待霜露，何必春夏成。晚穫爲良實，願君且安寧。怨而委之于命，可以怨矣。結希恩萬一，情愈悲，詞愈苦。○篇中用韻，二『庭』字，二『靈』字，二『鳴』字，二『成』字，二『寧』字。

當來日大難

日苦短，樂有餘，乃置玉樽辦東厨。廣情故，心相于，闔門置酒，和樂欣欣。游馬後來，轅車解輪。今日同堂，出門異鄉。別易會難，各盡杯觴。

野田黃雀行

高樹多悲風，海水揚其波。利劍不在掌，結友何須多。不見籬間雀，見鷂自投羅。羅家得雀喜，少年見雀悲。拔劍捎羅網，黃雀得飛飛。飛飛摩蒼天，來下謝少年。是游俠，亦是仁人，語悲而音爽。

當墻欲高行

龍欲升天須浮雲，人之仕進待中人。衆口可以鑠金，讒言三至，慈母不親。憒憒俗間，不辨僞真，願欲披心自說陳。君門以九重，道遠河無津。

贈徐幹

驚風飄白日，忽然歸西山。圓景同影。光未滿，衆星粲以繁。志士營世業，小人亦不閑。聊且夜行游，游彼雙闕間。文昌鬱雲興，迎風高中天。春鳩鳴飛棟，流猋激櫺軒。顧念蓬室士，貧賤誠足憐。薇藿弗充虛，皮褐猶不全。慷慨有悲心，興文自成篇。寶棄怨何人，和氏有其愆。彈冠俟知己，知己誰不然。良田無晚歲，膏澤多豐年。亮懷璠璵美，積久德愈宣。親交義在敦，申章復何言。「文昌」，魏殿名。「迎風」，觀名。○「良田」二句，喻有德者必榮也。

贈丁儀

初秋涼氣發，庭樹微銷落。凝霜依玉除，清風飄飛閣。朝雲不歸山，霖雨成川澤。黍稷委疇隴，農夫安所穫。在貴多忘賤，爲恩誰能博。狐白足禦冬，焉念無衣客。思慕延陵子，寶劍非所惜。子其寧爾心，親交義不薄。

又贈丁儀王粲一首

從軍度函谷，驅馬過西京。山岑高無極，涇渭揚濁清。壯哉帝王居，佳麗殊百城。員闕出浮雲，承露扢泰清。皇佐揚天惠，四海無交兵。權家雖愛勝，全國爲令名。君子在末位，不能歌德聲。丁生怨在朝，王子歡自營。歡怨非貞則，中和誠可經。《西都賦》曰：抗仙掌與承露。「抗」，摩也，概與「抗」古字通。○「皇佐」，謂太祖也。○「權家」，兵家也。○詩以議論勝，末進以中和，古人規箴有體。○家令謂子建函京之作，指此。

贈白馬王彪

序曰：黃初四年正月，白馬王、任城王與余俱朝京師，會節氣到洛陽，任城王薨。至七月，與白馬王還國。後有司以二王歸藩，道路宜異宿止，意毒恨之。蓋以大別在數日，是用自剖，與王辭焉，憤而成篇。

謁帝承明廬，逝將歸舊疆。清晨發皇邑，日夕過首陽。伊洛廣且深，欲濟川無梁。泛舟越洪濤，怨彼東路長。顧瞻戀城闕，引領情内傷。太谷何寥廓，山樹鬱蒼蒼。霖雨泥我塗，流潦浩縱橫。中逵絶無軌，改轍登高岡。修坂造雲日，我馬玄以黃。

玄黃猶能進，我思鬱以紆。鬱紆將何念，親愛在離居。本圖相與偕，中更不克俱。鴟梟鳴衡軛，豺狼當路衢。蒼蠅間白黑，讒巧令親疏。欲還絶無蹊，攬轡止踟躕。

踟躕亦何留，相思無終極。秋風發微涼，寒蟬鳴我側。原野何蕭條，白日忽西匿。歸鳥赴高林，翩翩厲羽翼。孤獸走索群，銜草不遑食。感物傷我懷，撫心長太息。

太息將何爲，天命與我違。奈何念同生，一往形不歸。孤魂翔故域，靈柩寄京師。存者忽復過，亡没身自衰。人生處一世，去若朝露晞。年在桑榆間，影響不能追。自顧非金石，咄唶令心悲。此章乃一篇正意，置在孤獸索群下，章法絶佳。

心悲動我神，棄置莫復陳。丈夫志四海，萬里猶比鄰。恩愛苟不虧，在遠分日親。何必同衾幬，然後展殷勤。憂思成疾疢，無乃兒女仁。倉卒骨肉情，能不懷苦辛。此章無可奈何之詞，人當極無聊後，每作此以强解也。

苦辛何慮思，天命信可疑。虛無求列仙，松子久吾欺。變故在斯須，百年誰能持。離別永無會，執手將何時。王其愛玉體，俱享黃髮期。收淚即長路，援筆從此辭。末章如賦中之亂，幾于生人作死別矣。

贈王粲

端坐苦愁思，攬衣起西游。樹木發春華，清池激長流。中有孤鴛鴦，哀鳴求匹儔。我願執此鳥，惜哉無輕舟。欲歸忘故道，顧望但懷愁。悲風鳴我側，羲和逝不留。重陰潤萬物，何懼澤不周。誰令君多念，自使懷百憂。

送應氏詩二首

步登北邙阪，遙望洛陽山。洛陽何寂寞，宮室盡燒焚。垣墻皆頓擗，

荆棘上參天。不見舊耆老，但睹新少年。側足無行徑，荒疇不復田。游子久不歸，不識陌與阡。中野何蕭條，千里無人烟。念我平常居，氣結不能言。時董卓遷獻帝于西京，洛陽被燒，故詩中云然。

清時難屢得，嘉會不可常。天地無終極，人命若朝霜。願得展嬿婉，我友之朔方。親昵並集送，置酒此河陽。中饋豈獨薄，賓飲不盡觴。愛至望苦深，豈不愧中腸。山川阻且遠，別促會日長。願爲比翼鳥，施翮起高翔。

雜詩

高臺多悲風，朝日照北林。之子在萬里，江湖迥且深。方舟安可極，離思故難任。孤雁飛南游，過庭長哀吟。翹思慕遠人，願欲託遺音。形影忽不見，翩翩傷我心。

轉蓬離本根，飄飖隨長風。何意迴飆舉，吹我入雲中。高高上無極，天路安可窮。類此游客子，捐軀遠從戎。毛褐不掩形，薇藿常不充。去去莫復道，沈憂令人老。陳思最工起調，如「高臺多悲風」「轉蓬離本根」之類是也。

南國有佳人，容華若桃李。朝游江北岸，夕宿瀟湘沚。時俗薄朱顏，誰爲發皓齒。俛仰歲將暮，榮耀難久恃。

攬衣出中閨，逍遥步兩楹。閒房何寂寞，緑草被階庭。空室自生風，百鳥翔南征。春思安可忘，憂戚與我并。佳人在遠道，妾身獨單煢。歡會難再遇，芝蘭不重榮。人皆棄舊愛，君豈若平生。寄松爲女蘿，依水如浮萍。束身奉衿帶，朝夕不墮傾。儻終顧眄恩，永副我中情。

僕夫早嚴駕，吾將遠行游。遠游欲何之，吴國爲我仇。將騁萬里塗，東路安足由。江介多悲風，淮泗馳急流。願欲一輕濟，惜哉無方舟。閑居非吾志，甘心赴國憂。即自試表中意。

七哀詩

《韻語陽秋》：痛而哀，義而哀，感而哀，怨而哀，耳目聞見而哀，口嘆而哀，鼻酸而哀，謂之「七哀」。

明月照高樓，流光正徘徊。上有愁思婦，悲嘆有餘哀。借問嘆者誰，言是宕子妻。君行逾十年，孤妾常獨棲。君若清路塵，妾若濁水泥。浮沉各異勢，會合何時諧。願爲西南風，長逝入君懷。君懷良不開，賤妾當何依。此種大抵思君之辭，絶無華飾，性情結撰，其品最工。

情詩

微陰翳陽景，清風飄我衣。游魚潛緑水，翔鳥薄天飛。眇眇客行士，遥役不得歸。始出嚴霜結，今來白露晞。游子嘆黍離，處者歌式微。慷慨對嘉賓，悽愴内傷悲。

七步詩

《世説新語》：文帝嘗令東阿王七步中作詩，不成者行大法，應聲云云，帝有慚色。

煮豆持作羹，漉豉以爲汁。萁在釜中然，豆在釜中泣。本是同根生，相煎何太急。至性語，貴在質樸。○一本只作四句，略有異同。

古詩源卷六

魏詩

◎王粲

贈蔡子篤詩

蔡睦，字子篤，爲尚書。仲宣與之同避難荆州，子篤還，仲宣作此贈之。

翼翼飛鸞，載飛載東。我友云徂，言戾舊邦。舫舟翩翩，以泝大江。蔚矣荒塗，時行靡通。慨我懷慕，君子所同。悠悠世路，亂離多阻。濟岱江行，邈焉異處。風流雲散，一別如雨。人生實難，願其弗與。瞻望遐路，允企伊佇。烈烈冬日，肅肅淒風。潛鱗在淵，歸雁載軒。苟非鴻鵰，孰能飛翻。雖則追慕，予思罔宣。瞻望東路，慘愴增嘆。率彼江流，爰逝靡期。

君子信誓，不遷于時。及子同寮，生死固之。何以贈行，言授斯詩。中心孔悼，涕泪漣洏。嗟爾君子，如何勿思。

七哀詩

西京亂無象，豺虎方遘患。復棄中國去，遠身適荆蠻。親戚對我悲，朋友相追攀。出門無所見，白骨蔽平原。路有饑婦人，抱子棄草間。顧聞號泣聲，揮涕獨不還。未知身死處，何能兩相完。驅馬棄之去，不忍聽此言。南登霸陵岸，回首望長安。悟彼下泉人，喟然傷心肝。『未知身死處』二句，婦人之詞。○此杜少陵《無家别》《垂老别》諸篇之祖也。○隱侯謂仲宣霸岸之篇，指此。

荆蠻非吾鄉，何爲久滯淫。方舟泝大江，日暮愁我心。山岡有餘暎，巖阿增重陰。狐狸馳赴穴，飛鳥翔故林。流波激清響，猴猿臨岸吟。迅風拂裳袂，白露沾衣襟。獨夜不能寐，攝衣起撫琴。絲桐感人情，爲我發悲音。覊旅無終極，憂思壯難任。

邊城使心悲，昔我親更之。冰雪截肌膚，風飄無止期。百里不見人，草木誰當遲。（與治同，平聲。）登城望亭隧，翩翩飛戍旗。行者不顧反，出門與家辭。子弟多俘虜，哭泣無已時。天下盡樂土，何爲久留兹。蓼蟲不知辛，去來勿與諮。

◎陳琳

飲馬長城窟行

飲馬長城窟，水寒傷馬骨。往謂長城吏，愼莫稽留太原卒。官作自有程，舉築諧汝聲。男兒寧當格鬥死，何能怫鬱築長城。長城何連連，連連三千里。邊城多健少，内舍多寡婦。作書與内舍，便嫁莫留住。善侍新姑嫜，時時念我故夫子。報書往邊地，君今出語一何鄙。身在禍難中，何爲稽留

他家子。生男愼莫舉，生女哺用脯。君獨不見長城下，死人骸骨相撑拄。結髮行事君，慊慊心意間。明知邊地苦，賤妾何能久自全。「舉築諧汝聲」，言同聲用力也。○「作書與内舍」，健少作書也。「報書往邊地」二句，内舍答書也。「身在禍難中」六句，又健少之詞。「結髮行事君」四句，又内舍之詞，無問答之痕，而神理井然，可與漢樂府競爽矣。

◎劉楨

贈從弟三首

泛泛東流水，磷磷水中石。蘋藻生其涯，華紛何擾弱。采之薦宗廟，可以羞嘉客。豈無園中葵，懿此出深澤。

亭亭山上松，瑟瑟谷中風。風聲一何盛，松枝一何勁。冰霜正慘悽，終歲常端正。豈不罹凝寒，松柏有本性。

鳳凰集南嶽，徘徊孤竹根。于心有不厭，奮翅凌紫氛。豈不常勤苦，羞與黃雀群。何時當來儀，將須聖明君。（贈人之作，通用比體，亦是一格。）

◎徐幹

室思

人靡不有初，想君能終之。別來歷年歲，舊恩何可期。重新而忘故，君子所猶譏。寄聲雖在遠，豈忘君須臾。既厚不爲薄，想君時見思。此託言閨人之詞也。自處于厚，而望君不薄，情極深至。

雜詩

浮雲何洋洋，願因通我詞。飄飄不可寄，徒倚徒相思。人離皆復會，君獨無返期。自君之出矣，明鏡暗不治。思君如流水，何有窮已時。末四句後人擬者多矣，總遜其自然。

◎應瑒

侍五官中郎將建章臺集詩一首

建安十六年，天子命世子丕爲五官中郎將。

朝雁鳴雲中，音響一何哀。問子游何鄉，戢翼正徘徊。言我寒門來，將就衡陽棲。往春翔北土，今冬客南淮。遠行蒙霜雪，毛羽日摧頹。常恐傷肌骨，身隕沉黄泥。蕳珠墮沙石，何能中自諧。欲因雲雨會，濯翼陵高梯。良遇不可值，伸眉路何階。公子敬愛客，樂飲不知疲。和顏既以暢，乃肯顧細微。贈詩見存慰，小子非所宜。爲且極歡情，不醉其無歸。凡百敬爾位，以副飢渴懷。『蕳珠』，喻君子。『沙石』，喻小人。《淮南子》曰：周之蕳珪，産于垢土。蕳，大也。○魏人公讌，俱極平庸，後人應酬詩從此開出。篇中代雁爲詞，音調悲切。異于衆作，存此以備一格。

別詩

朝雲浮四海，日暮歸故山。行役懷舊土，悲思不能言。悠悠涉千里，未知何時旋。

◎應璩

百一詩

《百一詩》序曰：時謂曹爽曰：今公聞周公巍巍之稱，安知百慮有一失乎。『百一』之名取此。○璩詩百餘篇，大率諷刺時事。

下流不可處，君子慎厥初。名高不宿著，易用受侵誣。前者隳官去，有人適我閭。田家無所有，酌醴焚枯魚。問我何功德，三入承明廬。所占于此土，是謂仁智居。文章不經國，筐篋無尺書。用等稱才學，往往見嘆譽。避席跪自陳，賤子實空虛。宋人遇周客，慚愧靡所如。

『下流』一章，自悔也。○『問我何功德』至『往往見嘆譽』，皆問者之詞，下四句自答。○『遇周客』，指宋之愚人寶燕石事。

雜詩

細微苟不慎，堤潰自蟻穴。腠理早從事，安復勞鍼石。哲人睹未形，愚夫闇明白。曲突不見賓，焦爛爲上客。思願獻良規，江海倘不逆。狂言雖寡善，猶有如鷄跖。鷄跖食不已，齊王爲肥澤。

進言聽言意，愈隱愈顯。

◎繆襲

克官渡

《晉書・樂志》曰：改漢《上之回》爲《克官渡》，言曹公與袁紹戰，破之于官渡也。

克紹官渡由白馬，僵尸流血被原野。賊衆如犬羊，王師尚寡。沙塠傍風飛揚。轉戰不利士卒傷，今日不勝後何望。土山地道不可當，卒勝大捷震冀方。屠城破邑，神武遂章。

音節自佳。

定武功

改漢《戰城南》爲《定武功》，言曹公初破鄴。武功之定，始乎此也。

定武功，濟黃河。河水湯湯，旦暮有横流波。袁氏欲衰，兄弟尋干戈。決漳水，水流滂沱。嗟城中，如流魚，誰能復顧室家。計窮慮盡，求來連和。和不時，心中憂戚。賤衆内潰，君臣奔北。拔鄴城，奄有魏國。王業艱難，覽觀古今，可爲長嘆。

屠柳城

改漢《巫山高》爲《屠柳城》，言曹公越北塞，歷白檀，破二郡烏桓于柳城也。

屠柳城，功誠難。越度隴塞，路漫漫。北逾岡平，但聞悲風正酸。蹋頓授首，遂登白狼山。神武慹海外，永無北顧患。『慹』，音質，怖也。漢《朱博傳》：豪強慹服。

挽歌

生時游國都，死没棄中野。朝發高堂上，暮宿黄泉下。白日入虞淵，懸車息駟馬。造化雖神明，安能復存我。形容稍歇滅，齒髮行當墮。自古皆有然，誰能離此者。

◎左延年

從軍行 亦作漢詞。

苦哉邊地人，一歲三從軍。三子到燉煌，二子詣隴西。叶。五子遠鬥去，五婦皆懷身。

◎阮籍

詠懷 阮公詠懷，反覆零亂，興寄無端，和愉哀怨，雜集于中，令讀者莫求歸趣，此其爲阮公之詩也。必求時事以實之，則鑿矣。○其原自《離騷》來。

夜中不能寐，起坐彈鳴琴。薄帷鑑明月，清風吹我襟。孤鴻號外野，翔鳥鳴北林。徘徊將何見，憂思獨傷心。

二妃游江濱，逍遥順風翔。交甫懷環珮，婉孌有芬芳。猗靡情歡愛，千載不相忘。傾城迷下蔡，容好結中腸。感激生憂思，萱草樹蘭房。膏沐爲誰施，其雨怨朝陽。如何金石交，一旦更離傷。即未見好德如好色意。

嘉樹下成蹊，東園桃與李。秋風吹飛藿，零落從此始。繁華有憔悴，堂上生荆杞。驅馬捨之去，去上西山趾。一身不自保，何況戀妻子。凝霜被野草，歲暮亦云已。『歲暮』，隱指時亂也。一結見否終則傾，有去之恐不速意。

平生少年時，輕薄好弦歌。西游咸陽中，趙李相經過。娱樂未終極，白日忽蹉跎。驅車復來歸，反顧望三河。黄金百鎰盡，資用常苦多。北臨太行道，失路將如何。漢成帝數微行，近幸小臣，趙李從微賤專寵，此借言游俠之儔也。顔延年註謂趙飛燕、李夫人，恐不可從。

昔聞東陵瓜，近在青門外。連畛距阡陌，子母相鉤帶。五色耀朝日，嘉賓四面會。膏火自煎熬，多財爲患害。布衣可終身，寵祿豈足賴。

灼灼西隤日，餘光照我衣。迴風吹四壁，寒鳥相因依。周周尚銜羽，蛩蛩亦念饑。如何當路子，磬折忘所歸。豈爲夸譽名，憔悴使心悲。寧與燕雀翔，不隨黃鵠飛。黃鵠游四海，中路將安歸。『周周』，鳥名，銜羽而飲。『蛩蛩』，亦作邛邛，獸名，相並而行。○此章爲知進而不知退者言，未見己非冲天之質。宜相隨燕雀，不宜與黃鵠並舉也，蓋鄙之之詞。○韻用二歸字。

步出上東門，北望首陽岑。下有采薇士，上有嘉樹林。良辰在何許，凝霜沾衣襟。寒風振山岡，玄雲起重陰。鳴雁飛南征，鶗鴂發哀音。素質由商聲，悽愴傷我心。隱侯曰：致此彫素之質，由于商聲用事秋時也。『游』字應作由，古人字類無定也。

湛湛長江水，上有楓樹林。皋蘭被徑路，青驪逝駸駸。遠望令人悲，春氣感我心。三楚多秀士，朝雲進荒淫。朱華振芬芳，高蔡相追尋。一爲黃雀哀，淚下誰能禁。末四句隱用莊辛諫楚王語意。

開秋兆涼氣，蟋蟀鳴床帷。感物懷殷憂，悄悄令心悲。多言焉所告，繁辭將訴誰。微風吹羅袂，明月耀清暉。晨鷄鳴高樹，命駕起旋歸。『多言』『繁辭』二語，重言之。

昔年十四五，志尚好詩書。被褐懷珠玉，顏閔相與期。開軒臨四野，登高望所思。丘墓蔽山岡，萬代同一時。千秋萬歲後，榮名安所之。乃悟羨門子，噭噭今自嗤。翻榮名以爲寶句。『噭噭』，指顏、閔相與期也。

裴徊蓬池上，還顧望大梁。綠水揚洪波，曠野莽茫茫。走獸交橫馳，飛鳥相隨翔。是時鶉火中，日月正相望。朔風厲嚴寒，陰氣下微霜。羈旅無儔匹，俛仰懷哀傷。小人計其功，君子道其常。豈惜終憔悴，詠言著斯章。『君子道其常』，往往憔悴，然豈緣此爲惜乎？是真能立志砥節者。○君子道其常，小人計其功。本孫卿子語。

獨坐空堂上，誰可與歡者。出門臨永路，不見行車馬。登高望九州，悠悠分曠野。孤鳥西北飛，離獸東南下。日暮思親友，晤言用自寫。

懸車在西南，羲和將欲傾。流光耀四海，忽忽至夕冥。朝爲咸池暉，蒙汜受其榮。豈知窮達士，一死不再生。視彼桃李花，誰能久熒熒。君子在何許，嘆息未合并。瞻仰景山松，可以慰吾情。

西方有佳人，皎若白日光。被服纖羅衣，左右珮雙璜。修容耀姿美，順風振微芳。登高眺所思，舉袂當朝陽。寄顏雲霄間，揮袖凌虛翔。飄飖恍惚中，流盼顧我傍。悅懌未交接，晤言用感傷。

于心懷寸陰，羲陽將欲冥。揮袂撫長劍，仰觀浮雲征。雲間有玄鶴，抗志揚哀聲。一飛沖青天，曠世不再鳴。豈與鶉鷃游，連翩戲中庭。「曠世不再鳴」，猶王仲淹獻策後，不復再出也，爲高士寫照。後「鳳凰」一章，有子欲居九夷意。

駕言發魏都，南向望吹臺。簫管有遺音，梁王安在哉。戰士食糟糠，賢者處蒿萊。歌舞曲未終，秦兵已復來。夾林非吾有，朱宮生塵埃。軍敗華陽下，身竟爲土灰。

朝陽不再盛，白日忽西幽。去此若俯仰，如何似九秋。人生若塵露，天道邈悠悠。齊景升丘山，涕泗紛交流。孔聖臨長川，惜逝忽若浮。去者余不及，來者吾不留。願登太華山，上與松子游。漁父知世患，乘流泛輕舟。

儒者通六藝，立志不可干。違禮不爲動，非法不肯言。渴飲清泉流，饑食并一簞。歲時無以祀，衣服常苦寒。屣履詠南風，緼袍笑華軒。信道守詩書，義不受一餐。烈烈褒貶辭，老氏用長嘆。儒者守義，老氏守雌，道既不同，宜聞言而長嘆也。魏晉人崇尚老莊，然此詩言各從其志，無進退兩家意。

林中有奇鳥，自言是鳳凰。清朝飲醴泉，日夕棲山岡。高鳴徹九州，延頸望八荒。適逢商風起，羽翼自摧藏。一去崑崙西，何時復迴翔。但恨處非位，愴恨使心傷。鳳凰本以鳴國家之盛，今九州八荒，無可展翅，而遠去崑崙之西，于潔身之道得矣，其如處非位何？所以愴然心傷也。

出門望佳人，佳人豈在茲。三山招松喬，萬世誰與期。存亡有長短，慷慨將焉知。忽忽朝日隤，行行將何之。不見季秋草，摧折在今時。顏延年曰：說者謂阮籍在晉文代，常慮禍患，故發此詠。看來諸詠非一時所作，因情觸景，隨興寓言，有說破者，有不說破者，忽哀忽樂，俶詭不羈。○十九首後，復有此種筆墨，文章一轉關也。○詠懷詩當領其大意，不必逐章分解。

大人先生歌

天地解兮六合開，星辰隕兮日月頹，我騰而上將何懷。

◎嵇康

叔夜四言，時多俊語。不摹倣三百篇，允爲晉人先聲。

雜詩

微風清扇，雲氣四除。皎皎亮月，麗于高隅。興命公子，攜手同車。龍驥翼翼，揚鑣踟躕。肅肅宵征，造我友廬。光燈吐輝，華幔長舒。鸞觴酌醴，神鼎烹魚。弦超子野，嘆過綿駒。流詠太素，俯讚玄虛。孰克英賢，與爾剖符。言詠讚道妙，游心恬漠，誰能以英賢之德，與爾分符而仕乎？

贈秀才入軍

從兄秀才公穆，即熹也。

良馬既閑，麗服有暉。左攬繁弱，右接忘歸。風馳電逝，躡景追飛。凌厲中原，顧盼生姿。攜我好仇，載我輕車。南凌長阜，北厲清渠。仰落驚鴻，俯引淵魚。盤于游田，其樂只且。《新序》曰：楚王載繁弱之弓、忘歸之矢，以射兕于雲夢。

輕車迅邁，息彼長林。春木載榮，布葉垂陰。習習谷風，吹我素琴。咬音交。咬黃鳥，顧儔弄音。感悟馳情，思我所欽。心之憂矣，永嘯長吟。

浩浩洪流，帶我邦畿。萋萋緑林，奮榮揚暉。魚龍瀺灂，山鳥群飛。駕言出游，日夕忘歸。思我良朋，如渴如饑。願言不獲，愴矣其悲。

息徒蘭圃，秣馬華山。流磻平皋，垂綸長川。目送歸鴻，手揮五弦。俯仰自得，游心太玄。嘉彼釣叟，得魚忘筌。郢人逝矣，誰與盡言。

閑夜肅清，朗月照軒。微風動袿，組帳高褰。旨酒盈樽，莫與交歡。鳴琴在御，誰與鼓彈。仰慕同趣，其馨如蘭。佳人不存，能不永嘆。首章贈入軍，以下皆相思之詞。○共十九章，此係節錄。

幽憤詩

《晉書》：康與吕安善，安後爲兄所枉訴，以事繫獄，詞相證引。遂收康，康乃作此詩。

嗟余薄祜，少遭不造。哀煢靡識，越在繦緥。母兄鞠育，有慈無威。恃愛肆姐，子豫反。不訓不師。爰及冠帶，憑寵自放。抗心希古，任其所尚。託好老莊，賤物貴身。志在守樸，養素全真。曰余不敏，好善闇人。子玉之敗，屢增維塵。大人含弘，藏垢懷恥。民之多僻，政不由己。惟此褊心，顯明臧否。感悟思愆，怛若創痏。欲寡其過，謗議沸騰。性不傷物，頻致

怨憎。昔慚柳惠，今媿孫登。内負宿心，外恧良朋。仰慕嚴鄭，樂道閑居。與世無營，神氣晏如。咨予不淑，嬰累多虞。匪降自天，實由頑疎。理弊患結，卒致囹圄。對答鄙訊，縶此幽阻。實恥訟免，時不我與。雖曰義直，神辱志沮。澡身滄浪，豈曰能補。嗈嗈鳴雁，奮翼北游。順時而動，得意忘憂。嗟我憤歎，曾莫能儔。事與願違，遘兹淹留。窮達有命，亦又何求。古人有言，善莫近名。奉時恭默，咎悔不生。萬石周慎，安親保榮。世務紛紜，祇攪予情。安樂必誡，乃終利貞。煌煌靈芝，一年三秀。予獨何爲，有志不就。懲難思復，心焉内疚。庶勖將來，無馨無臭。采薇山阿，散發巖岫。永嘯長吟，頤性養壽。通篇直直叙去，自怨自艾，若隱若晦。『好善闇人』，牽引之由也。『顯明臧否』，得禍之由也。至云『澡身滄浪，豈云能補』，悔恨之詞切矣。末托之頤性養壽，正恐未必能然之詞。華亭鶴唳，隱然言外。○『肆姐』，恣肆也。○季札謂叔孫穆子曰：子好善而不能擇人。好善闇人，悔與吕安交也。○孫登謂嵇康曰：子才多識寡，難乎免于今之世也。○『嚴鄭』，謂嚴君平、鄭子真。○『萬石周慎』，指萬石君奮子郎中令建。周，至也。

吴謠

附〇《吴志》：周瑜精意音樂，三爵之後，有闕誤，瑜必知之，知之必顧。時人語曰。

曲有誤，周郎顧。

孫皓天紀中童謠

《晉書·五行志》：孫皓天紀中童謠，晉武聞之，加王濬龍驤將軍，及征吴，江西衆軍無過者，而濬先定秣陵。

阿童復阿童，銜刀游渡江。不畏岸上虎，但畏水中龍。

古詩源卷七

晉詩

◎司馬懿

讌飲詩 《晉書》：高祖伐公孫淵，過溫，見父老故舊，讌飲累日，作歌。

天地開闢，日月重光。遭逢際會，奉辭遐方。將掃逋穢，還過故鄉。肅清萬里，總齊八荒。告成歸老，待罪武陽。

◎張華

茂先詩，《詩品》謂其兒女情多，風雲氣少，此亦不盡然，總之筆力不高，少凌空矯捷之致。

勵志詩

太儀斡運，天迴地游。四氣鱗次，寒暑環周。星火既夕，忽焉素秋。涼風振落，熠耀宵流。

吉士思秋，實感物化。日與月與，荏苒代謝。逝者如斯，曾無日夜。嗟爾庶士，胡寧自舍。

仁道不遐，德輶如羽。求焉斯至，衆鮮克舉。大猷玄漠，將抽厥緒。先民有作，遺我高矩。

雖有淑姿，放心縱逸。田般于游，居多暇日。如彼梓材，弗勤丹漆。雖勞朴斲，終負素質。

養由矯矢，獸號于林。蒲盧縈繳，神感飛禽。末技之妙，動物應心。研精耽道，安有幽深。

安心恬蕩，棲志浮雲。體之以質，彪之以文。如彼南畝，力耒既勤。藨蓑致功，必有豐殷。

水積成淵，載瀾載清。土積成山，歊蒸鬱冥。山不讓塵，川不辭盈。勉致含弘，以隆德聲。高以下基，洪由纖起。川廣自源，成人在始。累微以著，乃物之理。纆牽之長，實累千里。復禮終朝，天下歸仁。若金受礪，若泥在鈞。進德修業，輝光日新。隰朋仰慕，予亦何人。養由基撫弓而盼，猨乃抱木而號。何者？誠在于心，而精通于物，見《淮南子》。○『蒲盧』，即蒲且也，蒲且子見雙鳥過之，其不被弋者亦下，見《汲冢書》。○『纆牽』，索也。千里之馬，繫以長索，則爲累矣，見《國策》。

答何劭

吏道何其迫，窘然坐自拘。纓緌爲徽纆，文憲焉可逾。恬曠苦不足，煩促每有餘。良朋貽新詩，示我以游娛。穆如灑清風，奐若春華敷。自昔同寮寀，于今比園廬。衰夕近辱殆，庶幾並懸輿。散髮重陰下，抱杖臨清

渠。屬耳聽鶯鳴，流目玩儵魚。從容養餘日，取樂于桑榆。

情詩

清風動帷簾，晨月照幽房。佳人處遐遠，蘭室無容光。襟懷擁虛景，輕衾覆空床。居歡惜夜促，在慼怨宵長。拊枕獨嘯嘆，感慨心內傷。

游目四野外，逍遥獨延佇。蘭蕙緣清渠，繁華蔭緑渚。佳人不在茲，取此欲誰與。巢居知風寒，穴處識陰雨。不曾遠別離，安知慕儔侶。穠麗之作，油然入人，茂先詩之上者，與《葛生蒙楚》詩同意。

雜詩

晷度隨天運，四時互相承。東壁正昏中，涸陰寒節升。繁霜降當夕，悲風中夜興。朱火青無光，蘭膏坐自凝。重衾無暖氣，挾纊如懷冰。伏枕終遥夕，寤言莫予應。永思慮崇替，慨然獨拊膺。

◎傅玄

休奕詩，聰穎處時帶累句。大約長于樂府，而短于古詩。

短歌行

長安高城，層樓亭亭。干雲四起，上貫天庭。蜉蝣何整，行如軍征。蟋蟀何感，中夜哀鳴。蚍蜉愉樂，粲粲其榮。寤寐念之，誰知我情。昔君視我，如掌中珠。何意一朝，棄我溝渠。昔君與我，如影如形。何意一去，心如流星。昔君與我，兩心相結。何意今日，忽然兩絶。後三段筆力甚横。

明月篇

皎皎明月光，灼灼朝日暉。昔爲春蠶絲，今爲秋女衣。丹唇列素齒，翠彩發蛾眉。嬌子多好言，歡合易爲姿。玉顔盛有時，秀色隨年衰。常恐新間舊，變故興細微。浮萍本無根，非水將何依。憂喜更相接，樂極還自悲。

雜詩

志士惜日短，愁人知夜長。攝衣步前庭，仰觀南雁翔。玄景隨形運，流響歸空房。清風何飄飄，微月出西方。繁星依青天，列宿自成行。蟬鳴高樹間，野鳥號東廂。纖雲時髣髴，渥露沾我裳。良時無停景，北斗忽低昂。常恐寒節至，凝氣結爲霜。落葉隨風摧，一絶如流光。清俊是選體，故《昭明》獨收此篇。

雜言

雷隱隱感妾心，傾耳清聽非車音。點化《長門賦》中語，更覺敏妙。

吴楚歌

燕人美兮趙女佳，其室則邇兮限層崖。雲爲車兮風爲馬，玉在山兮蘭在野。雲無期兮風有止，思多端兮誰能理。

車遥遥篇

車遥遥兮馬洋洋，追思君兮不可忘。君安游兮西入秦，願爲影兮隨君身。君在陰兮影不見，君依光兮妾所願。樂府中極聰明語，開張、王一派，然出張、王手，語極恬熟。

◎束晳

補亡詩六章

序曰：晳與同業疇人，肄修鄉飲之禮。然所詠之詩，或有義無詞，音樂取節，闕而不備。于是遥想既往，存思在昔，補著其文，以綴舊制。

南陔 「南陔」，孝子相戒以養也。

循彼南陔，言采其蘭。眷戀庭闈，心不遑安。彼居之子，罔或游盤。馨爾夕膳，潔爾晨餐。循彼南陔，厥草油油。彼居之子，色思其柔。眷戀庭闈，心不遑留。馨爾夕膳，潔爾晨羞。有獺有獺，在河之涘。凌波赴汩，噬魴捕鯉。嗷嗷林烏，受哺于子。養隆敬薄，惟禽之似。勖增爾虔，以介丕祉。「彼居之子」，居，謂未仕者。○「色思其柔」，即色難註脚。養隆敬薄，即不敬何以别註脚。○首言養，次言色，末言敬。

白華 「白華」，孝子之潔白也。

白華朱萼，被于幽薄。粲粲門子，知磨如錯。終晨三省，匪惰其恪。白華絳趺，在陵之陬。蒨蒨士子，涅而不渝。竭誠盡敬，亹亹忘劬。白華玄足，在丘之曲。堂堂處子，無營無欲。鮮侔晨葩，莫之點辱。《周禮》曰：正室謂之門子。鄭玄曰：正室適子，將代父當門者。「處子」，即處士也。

華黍 「華黍」，時和歲豐，宜黍稷也。

黮黮重雲，輯輯和風。黍華陵巔，麥秀丘中。靡田不播，九穀斯豐。奕奕玄霄，濛濛甘霤。黍發稠華，亦挺其秀。靡田不殖，九穀斯茂。無高不播，無下不殖。芒芒其稼，參參其稷。稸我王委，充我民食。玉燭陽明，顯猷翼翼。「玄霄」，玄雲也。○「稸」，畜同。○《蔡澤傳》：力田稸積。○《爾雅》曰：四氣和謂之玉燭。

由庚 「由庚」，萬物得由其道也。

蕩蕩夷庚，物則由之。蠢蠢庶類，王亦柔之。道之既由，化之既柔。木以秋零，草以春抽。獸在于草，魚躍順流。四時遞謝，八風代扇。纖阿按晷，星變其躔。五緯不愆，六氣無易。愔愔我王，紹文之迹。（『庚』，訓道也。『夷庚』，即王道蕩蕩意。）

崇丘（『崇丘』，萬物得極其高大也。）

瞻彼崇丘，其林藹藹。植物斯高，動類斯大。周風既洽，王猷允泰。漫漫方輿，回回洪覆。（去聲。）何類不繁。何生不茂。物極其性，人永其壽。恢恢大圜，茫茫九壤。資生仰化，于何不養。人無道夭，物極則長。（《莊子》曰：終天年而不中道夭者，是智之盛也。）

由儀（『由儀』，萬物之生各得其儀也。）

肅肅君子，由儀率性。明明后辟，仁以爲政。魚游清沼，鳥萃平林。濯鱗鼓翼，振振其音。賓寫爾誠，主竭其心。時之和矣，何思何修。文化內輯，武功外悠。（時既和矣，何所思慮？何所修治？惟以文化輯和于內，武功加于外遠也。寫由儀意極正大。○六章不類周雅，然清和潤澤，自是有德之言。）

◎司馬彪

雜詩

百草應節生，含氣有深淺。秋蓬獨何辜，飄飖隨風轉。長飆一飛薄，吹我之四遠。搔首望故株，邈然無由返。

◎陸機

（士衡詩亦推大家，然意欲逞博，而胸少慧珠，筆又不足以舉之，遂開出排偶一家。西京以來，空靈矯健之氣，不復存矣。降自梁陳，專工隊仗，邊幅復狹，令閱者白日欲卧，未必非士衡爲之濫觴也。茲特取能運動者十二章，見士衡詩中，亦有不專堆垛者。○謝康樂詩，亦多用排，然能造意，便與潘、陸輩迥別。○士衡以名將之後，破國亡家，稱情而言，必多哀怨，乃詞旨敷淺，但工塗澤，復何貴乎？○蘇、李十九首，每近于風。士衡輩以作賦之體行之，所以未能感人。○《文賦》云：詩緣情而綺靡，殊非詩人之旨。）

短歌行

置酒高堂，悲歌臨觴。人壽幾何，逝如朝霜。時無重至，華不再陽。蘋以春暉，蘭以秋芳。來日苦短，去日苦長。今我不樂，蟋蟀在房。樂以會興，悲以別章。豈曰無感，憂爲子忘。我酒既旨，我肴既臧。短歌有詠，長夜無荒。詞亦清和，而雄氣逸響，杳不可尋。

隴西行

我静如鏡，民動如烟。事以形兆，應以象懸。豈曰無才，世鮮興賢。

猛虎行

渴不飲盗泉水，熱不息惡木陰。惡木豈無枝，志士多苦心。整駕肅時命，杖策將遠尋。飢食猛虎窟，寒棲野雀林。日歸功未建，時往歲載陰。崇雲臨岸駛，鳴條隨風吟。静言幽谷底，長嘯高山岑。急弦無懦響，亮節難爲音。人生誠未易，曷云開此衿。眷我耿介懷，俯仰愧古今。《尸子》曰：孔子至于勝母，莫矣而不宿；過于盗泉，渴矣而不飲，惡其名也。○江邃文釋引《管子》曰：士懷耿介之心，不蔭惡木之枝。○起用六字句，最見奇峭，此士衡變體。

塘上行

江離生幽渚，微芳不足宣。被蒙風雲會，移居華池邊。發藻玉臺下，垂影滄浪泉。沾潤既已渥，結根奥且堅。四節逝不處，繁華難久鮮。淑氣與時殞，餘芳隨風捐。天道有遷易，人理無常全。男歡智傾愚，女愛衰避妍。不惜微軀退，但懼蒼蠅前。願君廣末光，照妾薄暮年。亦是平韻，而音旨自婉。

擬明月何皎皎

安寢北堂上，明月入我牖。照之有餘輝，攬之不盈手。涼風繞曲房，寒蟬鳴高柳。踟蹰感物節，我行永已久。游宦會無成，離思難常守。

擬明月皎夜光

歲暮涼風發，昊天肅明月。招遥西北指，天漢東南傾。朗月照閑房，蟋蟀吟户庭。翻翻歸雁集，嘒嘒寒蟬鳴。疇昔同宴友，翰飛戾高冥。服美改聲聽，居愉遺舊情。織女無機杼，大梁不架楹。《爾雅》曰：大梁，昴星也。末二句總言有名無實，與漢人原詞意同。

招隱詩

明發心不夷，振衣聊躑躅。躑躅欲安之，幽人在浚谷。朝采南澗藻，夕息西山足。輕條象雲搆，密葉成翠幄。激楚佇蘭林，回芳薄秀木。山溜何泠泠，飛泉漱鳴玉。哀音附靈波，頹響赴曾曲。至樂非有假，安事澆淳樸。富貴苟難圖，税駕從所欲。必富貴難圖而始税駕，見已晚矣，士衡進退，所以不無可議。

贈馮文羆

昔與二三子，游息承華南。拊翼同枝條，翻飛各異尋。苟無淩風翮，徘徊守故林。慷慨誰爲感，願言懷所欽。發軫清洛汭，驅馬大河陰。佇立望朔塗，悠悠迴且深。分索古所悲，志士多苦心。悲情臨川結，苦言隨風吟。愧無雜佩贈，良訊代兼金。夫子茂遠猷，款誠寄惠音。

爲顧彦先贈婦

辭家遠行游，悠悠三千里。京洛多風塵，素衣化爲緇。修身悼憂苦，感念同懷子。隆思亂心曲，沉歡滯不起。歡沉難尅興，心亂誰爲理。願假歸鴻翼，翻飛浙江汜。

東南有思婦，長嘆充幽闥。借問嘆何爲，佳人眇天末。游宦久不歸，山川修且闊。形影參商乖，音息曠不達。離合非有常，譬彼弦與筈。願保金石軀，慰妾長饑渴。上章贈婦，下章婦答，古有此體。

赴洛道中作

總轡登長路，嗚咽辭密親。借問子何之，世網嬰我身。永嘆遵北渚，遺思結南津。行行遂已遠，野途曠無人。山澤紛紆餘，林薄杳阡眠。虎嘯深谷底，鷄鳴高樹巔。哀風中夜流，孤獸更我前。悲情觸物感，沉思鬱纏綿。佇立望故鄉，顧影悽自憐。

遠游越山川，山川修且廣。振策陟崇丘，案轡遵平莽。夕息抱影寐，朝徂銜思往。頓轡倚嵩巖，側聽悲風響。清露墜素輝，明月一何朗。撫枕不能寐，振衣獨長想。二章稍見淒切。

◎**陸雲** 詩與士衡亦復伯仲。

谷風

閒居外物，靜言樂幽。繩樞增結，甕牖綢繆。和神當春，清節爲秋。天地則爾，户庭已悠。『和神』二語，即《莊子》煖然似春，淒然似秋意。

爲顧彥先贈婦

我在三川陽，子居五湖陰。山海一何曠，譬彼飛與沉。目想清慧姿，耳存淑媚音。獨寐多遠念，寤言撫空衿。彼美同懷子，非爾誰爲心。

悠悠君行邁，煢煢妾獨止。山河安可逾，永路隔萬里。京室多妖冶，粲粲都人子。雅步擢纖腰，巧言發皓齒。佳麗良可美，衰賤焉足紀。遠蒙眷顧言，銜恩非望始。亦上章贈婦，下章婦答。

◎**潘岳** 安仁詩品，又在士衡之下。兹特取悼亡二詩，格雖不高，其情自深也。○安仁黨于賈后，謀殺太子遹與有力焉。人品如此，詩安得佳。○潘陸詩如翦綵爲花，絶少生韻，故所收從略。

悼亡詩

荏苒冬春謝，寒暑忽流易。之子歸窮泉，重壤永幽隔。私懷誰克從，淹留亦何益。僶俛恭朝命，迴心反初役。望廬思其人，入室想所歷。幃屏無髣髴，翰墨有餘迹。流芳未及歇，遺挂猶在壁。悵怳如或存，周遑忡驚惕。如彼翰林鳥，雙棲一朝隻。如彼游川魚，比目中路析。春風緣隙來，晨霤承簷滴。寢息何時忘，沉憂日盈積。庶几有時衰，莊缶猶可擊。『周遑忡驚惕』五字，頗不成句法。○『如彼翰林鳥』四語反淺。

皎皎窗中月，照我室南端。清商應秋至，溽暑隨節闌。凜凜涼風升，始覺夏衾單。豈曰無重纊，誰與同歲寒。歲寒無與同，明月何朧朧。展轉眄枕席，長簟竟床空。床空委清塵，室虛來悲風。獨無李氏靈，髣髴睹爾容。撫衿長嘆息，不覺泪沾胸。沾胸安能已，悲懷從中起。寢興目存形，遺音猶在耳。上慚東門吳，下愧蒙莊子。賦詩欲言志，此志難具紀。命也可奈何，長戚自令鄙。《列子》曰：魏有東門吳者，子死而不憂。

◎張翰

雜詩

暮春和氣應，白日照園林。青條若總翠，黃花如散金。嘉卉亮有觀，顧此難久躭。延頸無良塗，頓足託幽深。榮與壯俱去，賤與老相尋。歡樂不照顏，慘愴發謳吟。謳吟何嗟及，古人可慰心。唐人以「黃花如散金」命題試士，士多以黃花爲菊，合式者不滿其數。

左思

鍾嶸評左詩，謂野于陸機，而深于潘岳，此不知太沖者也。太沖胸次高曠，而筆力又復雄邁，陶冶漢魏，自製偉詞，故是一代作手，豈潘、陸輩所能比埒。

雜詩

秋風何冽冽，白露爲朝霜。柔條旦夕勁，緑葉日夜黃。明月出雲崖，皦皦流素光。披軒臨前庭，嗷嗷晨雁翔。高志局四海，塊然守空堂。壯齒不恒居，歲暮常慨慷。

詠史八首

弱冠弄柔翰，卓犖觀群書。著論准過秦，作賦擬子虛。邊城苦鳴鏑，羽檄飛京都。雖非甲冑士，疇昔覽穰苴。長嘯激清風，志若無東吳。鉛刀貴一割，夢想騁良圖。左眄澄江湘，右盼定羌胡。功成不受爵，長揖歸田廬。東吳，孫吳也。此章自言。

鬱鬱澗底松，離離山上苗。以彼徑寸莖，蔭此百尺條。世胄躡高位，英俊沈下僚。地勢使之然，由來非一朝。金張藉舊業，七葉珥漢貂。馮公豈不偉，白首不見招。荀悅《漢紀》曰：馮唐白首，屈于郎署。

吾希段干木，偃息藩魏君。吾慕魯仲連，談笑却秦軍。當世貴不羈，遭難能解紛。功成耻受賞，高節卓不群。臨組不肯紲，對珪寧肯分。連璽曜前庭，比之猶浮雲。秦欲攻魏，司馬康諫曰：段干木賢者，而魏禮之，毋乃不可乎？秦君以爲然，乃止。見《呂氏春秋》。○《幽通賦》曰：干木偃息以藩魏。

濟濟京城内，赫赫王侯居。冠蓋蔭四術，朱輪竟長衢。朝集金張館，暮宿許史廬。南鄰擊鐘磬，北里吹笙竽。寂寂揚子宅，門無卿相輿。寥寥空宇中，所講在玄虚。言論準宣尼，辭賦擬相如。悠悠百世後，英名擅八區。

皓天舒白日，靈景耀神州。列宅紫宫裏，飛宇若雲浮。峨峨高門内，藹藹皆王侯。自非攀龍客，何爲欻來游。被褐出閶闔，高步追許由。振衣千仞岡，濯足萬里流。俯視千古。

荆軻飲燕市，酒酣氣益震。平聲。哀歌和漸離，謂若傍無人。雖無壯士節，與世亦殊倫。高眄邈四海，豪右何足陳。貴者雖自貴，視之若埃塵。賤者雖自賤，重之若千鈞。

主父宦不達，骨肉還相薄。買臣困樵採，伉儷不安宅。陳平無産業，歸來翳負郭。長卿還成都，壁立何寥廓。四賢豈不偉，遺烈光篇籍。當其未遇時，憂在填溝壑。英雄有迍邅，由來自古昔。何世無奇才，遺之在草澤。

習習籠中鳥，舉翮觸四隅。落落窮巷士，抱影守空廬。出門無通路，枳棘塞中塗。計策棄不收，塊若枯池魚。外望無寸禄，内顧無斗儲。親戚還相蔑，朋友日夜疎。蘇秦北游説，李斯西上書。俛仰生榮華，咄嗟復彫枯。飲河期滿腹，貴足不願餘。巢林棲一枝，可爲達士模。言蘇秦李斯，始不遇而繼遇，終不得死所也。

故有『俯仰』『咄嗟』之嘆云。○太沖詠史，不必專詠一人，專詠一事，詠古人而己之性情俱見，此千秋絕唱也。後惟明遠太白能之。

招隱二首

杖策招隱士，荒塗橫古今。巖穴無結搆，丘中有鳴琴。白雲停陰岡，丹葩曜陽林。石泉漱瓊瑤，纖鱗或浮沉。非必絲與竹，山水有清音。何事待嘯歌，灌木自悲吟。秋菊兼餱糧，幽蘭間重襟。躊躇足力煩，聊欲投吾簪。

經始東山廬，果下自成榛。前有寒泉井，聊可瑩心神。峭蒨青蔥間，竹柏得其真。弱葉棲霜雪，飛榮流餘津。爵服無常玩，好惡有屈伸。結綬生纏牽，彈冠去埃塵。惠連非吾屈，首陽非吾仁。相與觀所尚，逍遥撰良辰。惠連、柳下惠少連也。

◎左貴嬪

啄木詩

南山有鳥，自名啄木。飢則啄樹，暮則巢宿。無干于人，惟志所欲。性清者榮，性濁者辱。學問語，無蒙腐氣。

◎張載

七哀詩

北芒何壘壘，高陵有四五。借問誰家墳，皆云漢世主。恭文遥相望，原陵鬱膴膴。委世喪亂起，賊盜如豺虎。毁壤過一抔，便房啓幽户。珠柙離玉體，珍寶見剽虜。園寢化爲墟，周墉無遺堵。蒙蘢荊棘生，蹊逕登童豎。狐兔窟其中，蕪穢不復掃。叶。頹隴並墾發，萌隸營農圃。昔爲萬乘君，今爲丘中土。感彼雍門言，悽愴哀往古。《後漢書》曰：葬孝安皇帝于恭陵，葬文帝于文陵，葬光武皇帝于原陵。○《董卓傳》：使呂布發諸帝陵，及公卿以下冢墓，收其寶玉。

◎張協

雜詩

秋夜涼風起，清氣蕩暄濁。蜻蛚吟階下，飛蛾拂明燭。君子從遠役，佳人守煢獨。離居幾何時，鑽燧忽改木。房櫳無行迹，庭草萋以緑。青苔依空墻，蜘蛛網四屋。感物多所懷，沉憂結心曲。

朝霞迎白日，丹氣臨暘谷。翳翳結繁雲，森森散雨足。輕風摧勁草，凝霜竦高木。密葉日夜疎，叢林森如束。疇昔嘆時遲，晚節悲年促。歲暮懷百憂，將從季主卜。

昔我資章甫，聊以適諸越。行行入幽荒，甌駱從祝髮。窮年非所用，此貨將安設。瓴甋夸璵璠，魚目笑明月。不見郢中歌，能否居然別。陽春無和者，巴人皆下節。流俗多昏迷，此理誰能察。《莊子》曰：楚人資章甫而適諸越，越人敦髮文身，無所用之。註云：敦，斷也。〇漢立騶遥爲東海王，都東甌。騶，一作駱。『祝髮』，祝亦斷也。

大火流坤維，白日馳西陸。浮陽映翠林，迴飆扇緑竹。飛雨灑朝蘭，輕露棲叢菊。龍蟄暄氣凝，天高萬物肅。弱條不重結，芳蕤豈再馥。人生瀛海內，忽如鳥過目。川上之嘆逝，前修以自勖。

述職投邊城，羈束戎旅間。下車如昨日，望舒四五圓。借問此何時，蝴蝶飛南園。流波戀舊浦，行雲思故山。閩越衣文蛇，胡馬願度燕。土風安所習，由來有固然。

結宇窮岡曲，耦耕幽藪陰。荒庭寂以閒，幽岫峭且深。凄風起東谷，有渰興南岑。雖無箕畢期，膚寸自成霖。澤雉登壟雊，寒猿擁條吟。溪壑無人迹，荒楚鬱蕭森。投耒循岸垂，時聞樵採音。重基可擬志，回淵可比心。養真尚無爲，道勝貴陸沉。游思竹素園，寄辭翰墨林。『陸沉』，譬如無水而沉也。見《莊子》。〇東觀書見竹素。

◎孫楚

征西官屬送于陟陽候作詩 征西扶風王駿。

晨風飄歧路，零雨被秋草。傾城遠追送，餞我千里道。三命皆有極，咄嗟安可保。莫大于殤子，彭聃猶爲夭。吉凶如糾纏，憂喜相紛繞。天地爲我罏，萬物一何小。達人垂大觀，誡此苦不早。乖離即長衢，惆悵盈懷抱。孰能察其心，鑑之以蒼昊。齊契在今朝，守之與偕老。黄帝曰：上壽百二十，中壽百年，下壽八十。

是謂三命。○隱侯謂子荆零雨之章，指此。○送別詩以齊物作主，古人用意，不專粘著，此亦一體。

◎曹攄

感舊詩

富貴他人合，貧賤親戚離。廉藺門易軌，田竇相奪移。晨風集茂林，棲鳥去枯枝。今我唯困蒙，群士所背馳。鄉人敦懿義，濟濟蔭光儀。對賓頌有客，舉觴詠露斯。臨樂何所嘆，素絲與路歧。殷浩坐廢，韓康伯詠首二句，因而泣下。

◎王讚

雜詩

朔風動秋草，邊馬有歸心。胡寧久分析，靡靡忽至今。王事離我志，殊隔過商參。昔往鶬鶊鳴，今來蟋蟀吟。人情懷舊鄉，客鳥思故林。師涓久不奏，誰能宣我心。起得雄杰，隱侯謂正長朔風之句，指此。

◎郭泰機

答傅咸

皦皦白素絲，織爲寒女衣。寒女雖妙巧，不得秉杼機。天寒知運速，况復雁南飛。衣工秉刀尺，棄我忽若遺。人不取諸身，世事焉所希。况復已朝餐，曷由知我饑。通體喻言，諷傅之不能薦己也。○老杜《白絲行》本此。

古詩源卷八

晉詩

◎**劉琨** 越石英雄失路，萬緒悲涼，故其詩隨筆傾吐，哀音無次，讀者烏得于語名間求之！

答盧諶

琨頓首。損書及詩。備酸辛之苦言，暢經通之遠旨。執玩反覆，不能釋手。慨然以悲，歡然以喜。昔在少壯，未嘗檢括。遠慕老莊之齊物，近嘉阮生之放曠。怪厚薄何從而生，哀樂何由而至。自頃輈張，困于逆亂。國破家亡，親友彫殘。負杖行吟，則百憂俱至。塊然獨坐，則哀憤兩集。時復相與，舉觴對膝。破涕爲笑，排終身之積慘，求數刻之暫歡。譬由疾疢彌年，而欲一丸銷之，其可得乎？夫才生于世，世實須才。和氏之璧，焉得獨曜于郢握。夜光之珠，何得專玩于隋掌。天下之寶，當與天下共之。但分析之日，不能不悵恨耳。然後知聃周之爲虛誕，嗣宗之爲妄作也。昔騄驥倚輈于吴阪，長鳴于良樂，知與不知也。百里奚愚于虞而智于秦，遇與不遇也。今君遇之矣，勗之而已。不復屬意于文，二十餘年矣。久廢則無次，想必欲其一反，故稱去聲旨送一篇，適足以彰來詩之益美耳。琨頓首頓首。

厄運初遘，陽爻在六。乾象棟傾，坤儀舟覆。横厲糾紛，群妖競逐。火燎神州，洪流華域。彼黍離離，彼稷育育。哀我皇晉，痛心在目。其一。

天地無心，萬物同塗。禍淫莫驗，福善則虛。逆有全邑，義無完都。英蕊夏落，毒卉冬敷。如彼龜玉，韞櫝毀諸。芻狗之談，其最得乎。其二。

咨余軟弱，弗克負荷。協平韻。愆舋仍彰，榮寵屢加。威之不建，禍延凶播。協平韻。忠隕于國，孝愆于家。斯罪之積，如彼山河。斯舋之深，終莫能磨。其三。

郁穆舊姻，嬿婉新婚。裹糧攜弱，匍匐星奔。未輟爾駕，已隳我門。二族偕覆，三孽並根。長慚舊孤，永負冤魂。其四。

亭亭孤幹，獨生無伴。綠葉繁縟，柔條修罕。朝採爾實，夕捋爾竿。協，公旦切。竿翠豐尋，逸珠盈椀。實消我憂，憂急用緩。逝將去乎，庭虛情滿。其五。

虛滿伊何，蘭桂移植。茂彼春林，瘁此秋棘。有鳥翻飛，不遑休息。匪桐不棲，匪竹不食。永戢東羽，翰撫西翼。我之敬之，廢歡輟職。其六。

音以賞奏，味以殊珍。文以明言，言以暢神。之子之往，四美不臻。澄醪覆觴，絲竹生塵。素卷莫啓，幄無談賓。既孤我德，又闕我鄰。其七。

光光段生，出幽遷喬。資忠履信，武烈文昭。旍弓騂騂，輿馬翹翹。乃奮長麼，是轡是鑣。何以贈子，竭心公朝。何以敘懷，引領長謠。其八。

○《前趙録》：劉聰僭即位于平陽，遣從弟曜攻晉。破洛陽，遣子粲攻長安，陷之。首章指國破。○《老子》云：天地不仁，以萬物爲芻狗。二章謂天不祚晉。○《漢書》：王尊之子伯爲京兆尹，軟弱不勝。○「威之不建」二句，指爲聰所敗。而父母遇害，已遭禍而播遷也。三章指家亡。○《晉書》：琨妻即諶之從母也。新婚未詳。○琨父母爲令狐泥所害，諶父母爲劉粲所害，故云「二族偕覆」。「三孽」謂琨兄三子，或謂劉聰、劉曜、劉粲。「玩下」二句，恐説不去。四章指途中奔竄，申上章意。○五章託喻己有資于諶，而諶又將之段匹磾所也。「逸珠」，喻德。「盈椀」，多也。○六章喻諶之段所，猶鳳之棲梧桐，食竹實，而己如秋棘之瘁，彌見可傷。○「四美」頂上音味文言，七章言己之孤特，亦申前意。○八章表段之忠信，見諶之託身得所，望其戮力王室，轉危爲安。收束通篇，感激豪宕。

重贈盧諶

握中有玄璧，本自荊山璆。惟彼太公望，昔在渭濱叟。平聲。鄧生何感激，千里來相求。白登幸曲逆，鴻門賴留侯。重耳任五賢，小白相射鉤。苟能隆二伯，安問黨與讎。中夜撫枕嘆，想與數子游。吾衰久矣夫，何其不夢周。誰云聖達節，知命故不憂。宣尼悲獲麟，西狩涕孔丘。功業未及建，夕陽忽西流。時哉不我與，去乎若雲浮。朱實隕勁風，繁英落素秋。狹路傾華蓋，駭駟摧雙輈。何意百鍊剛，化爲繞指柔。『鄧生』，鄧禹也。『二伯』，桓文也。『數子』，謂太公以下也。○『宣尼』二句，重複言之，與阮籍多言焉所告，繁辭將訴誰，同一反覆申言之意。○拉雜繁會，自成絕調。

扶風歌

朝發廣莫門，暮宿丹水山。左手彎繁弱，右手揮龍淵。顧瞻望宮闕，俯仰御飛軒。據鞍長嘆息，泪下如流泉。繫馬長松下，發鞍高岳頭。烈烈悲風起，泠泠澗水流。揮手長相謝，哽咽不能言。浮雲爲我結，歸鳥爲我旋。去家日已遠，安知存與亡。慷慨窮林中，抱膝獨摧藏。麋鹿游我前，猿猴戲我側。資糧既乏盡，薇蕨安可食。攬轡命徒侶，吟嘯絕巖中。君子道微矣，夫子故有窮。惟昔李騫期，寄在匈奴庭。忠信反獲罪，漢武不見明。我欲竟此曲，此曲悲且長。棄置勿重陳，重陳令心傷。悲涼酸楚，亦復不知所云。

◎盧諶

答魏子悌

崇臺非一幹，珍裘非一腋。多士成大業，群賢濟弘績。遇蒙時來會，聊齊朝彥迹。顧此腹背羽，愧彼排虛翮。寄身蔭四岳，託好憑三益。傾蓋雖終朝，大分邁疇昔。在危每同險，處安不異易。叶亦。俱涉晉昌艱，共更飛狐厄。恩由契闊生，義隨周旋積。豈謂鄉曲譽，謬充本州役。乖離令我感，悲欣使情惕。理以精神通，匪曰形骸隔。妙詩申篤好，清義賁幽賾。恨無隨侯珠，以酬荊文璧。《韓詩外傳》：晉平公游于河而嘆曰：安得賢士，與之樂此也？船人孟胥對曰：主君亦不好士耳，何患無士？公曰：吾食客門左千人，右千人，何謂不好士乎？對曰：鴻鵠一舉千里，恃有六翮耳，背上之毛，腹下之毳，益一把飛不加高，損一把飛不加下。今君之食客，亦有六翮在其中矣，將皆背上之毛，腹下之毳耶？○『晉昌』，郡名，時段匹磾爲此職，諶在磾所，難斥言之，故曰晉昌也。石勒攻樂平，劉琨自代飛狐口奔安次。

時興

亹亹圓象運，悠悠方儀廓。忽忽歲云暮，游原采蕭藿。北逾芒與河，南臨伊與洛。凝霜沾蔓草，悲風振林薄。摵摵芳葉零，蕊蕊芬華落。下泉激洌清，曠野增遼索。登高眺遐荒，極望無崖崿。形變隨時化，神感因物作。澹乎至人心，恬然存玄漠。「蕊蕊」，垂也。

◎謝尚

大道曲

《樂府廣題》曰：尚爲鎮西將軍，嘗著紫羅襦，據胡床，在市中佛國門樓上，彈琵琶，作《大道曲》，市人不知爲三公也。

青陽二三月，柳青桃復紅。車馬不相識，音落黄埃中。寫喧雜之況如見。

◎郭璞

贈温嶠

人亦有言，松竹有林。及爾臭味，異苔同岑。言以忘得，交以澹成。匪同伊和，惟我與生。爾神余契，我懷子情。携手一豁，安知塵冥。「異苔同岑」句，造語新俊。士衡贈馮維熊詩中，亦有此意，而語特庸常。

游仙詩

游仙詩本有託而言，坎壈詠懷，其本旨也。鍾嶸貶其少列仙之趣，謬矣。

京華游俠窟，山林隱遯棲。朱門何足榮，未若託蓬萊。臨源挹清波，陵岡掇丹荑。靈谿可潛盤，安事登雲梯。漆園有傲吏，萊氏有逸妻。進則保龍見，退爲觸藩羝。高蹈風塵外，長揖謝夷齊。「進」謂仕進，言仕進者爲保全身名之計。「退」則類觸藩之羝。孰若高蹈風塵，從事于游仙乎？

青溪千餘仞，中有一道士。雲生梁棟間，風出窗户裏。借問此何誰，云是鬼谷子。翹迹企潁陽，臨河思洗耳。閶闔西南來，潛波涣鱗起。靈妃顧我笑，粲然啓玉齒。蹇修時不存，要之將誰使。「閶闔」，指風言。言風至而波紋生。

翡翠戲蘭苕，容色更相鮮。緑蘿結高林，蒙蘢蓋一山。中有冥寂士，静嘯撫清弦。放情凌霄外，嚼蕊挹飛泉。赤松臨上游，駕鴻乘紫烟。左把浮丘袖，右拍洪崖肩。借問蜉蝣輩，寧知龜鶴年。

六龍安可頓，運流有代謝。時變感人思，已秋復願夏。淮海變微禽，吾生獨不化。雖欲騰丹谿，雲螭非我駕。愧無魯陽德，迴日向三舍。臨川哀年邁，撫心獨悲吒。

逸翮思拂霄，迅足羡遠游。清源無增瀾，安得運吞舟。清源不能運吞舟之魚，喻塵俗不足容乎仙也。珪璋雖特達，明月難闇投。潛穎怨青陽，陵苕哀素秋。悲來惻丹心，零泪緣纓流。〇言世俗不欲求仙，而怨天施之偏，嘆浮生之促，類潛穎怨青陽之晚臻，陵苕哀素秋之早至也。『潛穎』，在幽潛而結穎者。

雜縣音爰。寓魯門，風暖將爲灾。吞舟涌海底，高浪駕蓬萊。神仙排雲出，但見金銀臺。陵陽挹丹溜，容成揮玉杯。姮娥揚妙音，洪崖頷其頤。升降隨長烟，飄颻戲九垓。奇齡邁五龍，千歲方嬰孩。燕昭無靈氣，漢武非仙才。『雜縣』，即爰居也。〇陵陽子明，乃仙去者。〇『五龍』，皇后君也，昆弟五人，皆人面龍身，分治五方。〇燕昭使人入海，求蓬萊方丈瀛洲。〇超然而來，截然而止，須玩章法。

晦朔如循環，月盈已見魄。蓐收清西陸，朱羲將由白。寒露拂陵苕，女蘿辭松柏。蕣榮不終朝，蜉蝣豈見夕。圓丘有奇草，鍾山出靈液。《十洲記》曰：北海外有鍾山，自生千歲芝及神草靈液。王孫列八珍，安期鍊五石。〇王孫列八珍以傷生，安期鍊五石以延壽，謂優劣殊也。《抱朴子》曰：五石者，丹砂、雄黃、白礬石、曾青、磁石也。長揖當途人，去來山林客。

◎曹毗

夜聽擣衣

寒興御紈素，佳人理衣衿。冬夜清且永，皓月照堂陰。纖手疊輕素，朗杵叩鳴砧。清風流繁節，回飆灑微吟。嗟此往運速，悼彼幽滯心。二物感余懷，豈但聲與音。『二物』承上二語。

◎王羲之

蘭亭集詩

不獨序佳，詩亦清超越俗。『寓目理自陳，適我無非新』，非學道有得者，不能言也。序爲人人誦述，故不録。

仰視碧天際，俯瞰淥水濱。寥閴無涯觀，寓目理自陳。大矣造化工，萬殊莫不均。群籟雖參差，適我無非新。有逸句云：「爭先非吾事，靜照在忘求。」附録于此。

◎陶潛

淵明以名臣之後，際易代之時，欲言難言，時時寄托，不獨《詠荆軻》一章也。六朝第一流人物，其詩有不獨步千古者耶？鍾嶸謂其原出于應璩，成何議論！○清遠閒放，是其本色，而其中自有一段淵深朴茂，不可幾及處。唐人王、儲、韋、柳諸公，學焉而得其性之所近。

停雲

停雲，思親友也。樽湛新醪，園列初榮，願言不從，嘆息彌襟。

靄靄停雲，濛濛時雨。八表同昏，平路伊阻。靜寄東軒，春醪獨撫。良朋悠邈，搔首延佇。

停雲靄靄，時雨濛濛。八表同昏，平陸成江。有酒有酒，閑飲東窗。願言懷人，舟車靡從。

東園之樹，枝條再榮。競用新好，以招余情。人亦有言，日月于征。

安得促席，説彼平生。

翩翩飛鳥，息我庭柯。斂翮閑止，好聲相和。豈無他人，念子實多。願言不獲，抱恨如何。

時運

時運，游暮春也。春服既成，景物斯和。偶影獨游，欣慨交心。

邁邁時運，穆穆良朝。襲我春服，薄言東郊。山滌餘靄，宇曖微霄。有風自南，翼彼新苗。翼字寫出性情。

洋洋平津，乃漱乃濯。邈邈遐景，載欣載矚。稱心而言，人亦易足。揮兹一觴，陶然自樂。

延目中流，悠悠清沂。童冠齊業，閑詠以歸。我愛其靜，寤寐交揮。但恨殊世，邈不可追。

斯晨斯夕，言息其廬。花藥分列，林竹翳如。清琴橫床，濁酒半壺。黄唐莫逮，慨獨在予。晉人放達，陶公有憂勤語，有安分語，有自任語。○黄農之感，寄意西山，此旨時或流露。

勸農

悠悠上古，厥初生人。傲然自足，抱朴含真。智巧既萌，資待靡因。誰其贍之，實賴哲人。

哲人伊何，時惟后稷。贍之伊何，實曰播殖。舜既躬耕，禹亦稼穡。遠若周典，八政始食。

熙熙令音，猗猗原陸。卉木繁榮，和風清穆。紛紛士女，趨時競逐。桑婦宵征，農夫野宿。

氣節易過，和澤難久。冀缺携儷，沮溺結耦。相彼賢達，猶勤壟畝。矧伊衆庶，曳裾拱手。

民生在勤，勤則不匱。宴安自逸，歲暮奚冀。儋石不儲，飢寒交至。顧爾儔列，能不懷愧。

孔耽道德，樊須是鄙。董樂琴書，田園不履。若能超然，投迹高軌。敢不斂衽，敬讚德美。言能如孔子董相，庶可不務隴畝耳。勉人意在言外領取。

命子

嗟余寡陋，瞻望弗及。顧慚華鬢，負影隻立。三千之罪，無後爲急。我誠念哉，呱聞爾泣。

卜云嘉日，占亦良時。名汝曰儼，字汝求思。温恭朝夕，念兹在兹。尚想孔伋，庶其企而。

厲夜生子，遽而求火。凡百有心，奚特于我。既見其生，實欲其可。人亦有言，斯情無假。叶古。

日居月諸，漸免于孩。福不虛至，禍亦易來。夙興夜寐，願爾斯才。爾之不才，亦已焉哉。

酬丁柴桑二章

有客有客，爰來爰止。秉直司聰，于惠百里。餐勝如歸，聆善若始。可作箴規。

匪惟諧也，屢有良由。載言載眺，以寫我憂。放歡一遇，既醉還休。實欣心期，方從我游。

歸鳥四章

翼翼歸鳥，晨去于林。遠之八表，近憩雲岑。和風不洽，翻翮求心。顧儔相鳴，景庇清陰。

翼翼歸鳥，載翔載飛。雖不懷游，見林情依。遇雲頡頏，相鳴而歸。遐路誠悠，性愛無遺。

翼翼歸鳥，馴林徘徊。豈思天路，欣反舊棲。雖無昔侶，衆聲每諧。日夕氣清，悠然其懷。「亦諧衆聲，自有曠懷。」此是何等品格。

翼翼歸鳥，戢羽寒條。游不曠林，宿則森標。晨風清興，好音時交。矰繳奚施，已卷安勞。他人學三百篇，痴而重，與風雅日遠。此不學三百篇，清而腴，與風雅日近。

游斜川

辛丑歲正月五日，天氣澄和，風物閑美。與二三鄰曲，同游斜川。臨長流，望層城，魴鯉躍鱗于將夕，水鷗乘和以翻飛。彼南阜者，名實舊矣，不復乃爲嗟嘆。若夫層城，傍無依接，獨秀中皋。遥想靈山，有愛嘉名，欣對不足，率爾賦詩。悲日月之遂往，悼吾年之不留，各疏年紀鄉里，以記其時日。

開歲倏五日，吾生行歸休。念之動中懷，及辰爲茲游。氣和天惟澄，班坐依遠流。弱湍馳文魴，閑谷矯鳴鷗。迥澤散游目，緬然睇層丘。雖微九重秀，顧瞻無匹儔。提壺接賓侶，引滿更獻酬。未知從今去，當復如此不。中觴縱遥情，忘彼千載憂。且極今朝樂，明日非所求。

答龐參軍

相知何必舊，傾蓋定前言。有客賞我趣，每每顧林園。談諧無俗調，所説聖人篇。或有數斗酒，閑飲自歡然。我實幽居士，無復東西緣。物新人唯舊，弱毫多所宣。情通萬里外，形迹滯江山。君其愛體素，來會在何年。

五月旦作和戴主簿

虚舟縱逸棹，回復遂無窮。發歲始俯仰，星紀奄將中。南窗罕悴物，北林榮且豐。神淵瀉時雨，晨色奏景風。既來孰不去，人理固有終。居常待其盡，曲肱豈傷仲。遷化或夷險，肆志無窊隆。即事如已高，何必升華嵩。

九日閑居

余閑居愛重九之名，秋菊盈園，而持醪靡由。空服九華，寄懷于言。

世短意常多，斯人樂久生。日月依辰至，舉俗愛其名。露凄暄風息，氣澈天象明。往燕無遺影，來雁有餘聲。酒能祛百慮，菊爲制頽齡。如何蓬廬士，空視時運傾。塵爵耻虚罍，寒華徒自榮。斂襟獨閑謡，緬焉起深情。棲遲固多娱，淹留豈無成。【世短意常多】，即所云生年不滿百，常懷千歲憂也，錬得更簡更道。後人得古人片言，便衍作數語。

和劉柴桑

山澤久見招，胡事乃躊躇。直爲親舊故，未忍言索居。良辰入奇懷，挈杖還西廬。荒塗無歸人，時時見廢墟。茅茨已就治，新疇復應畬。谷風轉淒薄，春醪解飢劬。弱女雖非男，慰情良勝無。棲棲世中事，歲月共相疎。耕織稱其用，過此奚所須。去去百年外，身名同翳如。（弱女非男，喻酒之薄也。）

酬劉柴桑

窮居寡人用，時忘四運周。櫚庭多落葉，慨然知已秋。新葵鬱北牖，嘉穟養南疇。今我不爲樂，知有來歲不。命室攜童弱，良日登遠游。

和郭主簿二首

藹藹堂前林，中夏貯清陰。凱風因時來，回飆開我襟。息交游閑業，臥起弄書琴。園蔬有餘滋，舊穀猶儲今。營己良有極，過足非所欽。春秫作美酒，酒熟吾自斟。弱子戲我側，學語未成音。此事真復樂，聊用忘華簪。遥遥望白雲，懷古一何深。（『過足非所欽』，與『過此奚所須』，知足要言，一結悠然不盡。）

和澤周三春，清涼素秋節。露凝無游氛，天高風景澈。陵岑聳逸峰，遥瞻皆奇絶。芳菊開林耀，青松冠巖列。懷此貞秀姿，卓爲霜下杰。銜觴念幽人，千載撫爾訣。檢素不獲展，厭厭竟良月。

贈羊長史

左軍羊長史銜使秦川，作此與之。

愚生三季後，慨然念黄虞。得知千載外，正賴古人書。賢聖留餘迹，事事在中都。豈忘游心目，關河不可逾。九域甫已一，逝將理舟輿。聞君當先邁，負痾不獲俱。路若經商山，爲我少躊躇。多謝綺與角，精爽今何如。紫芝誰復採，深谷久應蕪。駟馬無貰患，貧賤有交娛。清謡結心曲，人乖運見疎。擁懷累代下，言盡意不舒。

癸卯歲十二月中作與從弟敬遠

寢迹衡門下，邈與世相絶。顧盼莫誰知，荆扉晝長閉。（必結切。）淒淒歲暮風，翳翳經日雪。傾耳無希聲，在目皓已潔。勁氣侵襟袖，簞瓢謝屢設。蕭索空宇中，了無一可悅。歷覽千載書，時時見遺烈。高操非所攀，深得固窮節。平津苟不由，棲遲詎爲拙。寄意一言外，茲契誰能別。淵明詠雪，未嘗不刻劃，却不似後人粘滯。○愚于漢人得兩語曰：前日風雪中，故人從此去。于晉人得兩語曰：傾耳無希聲，在目皓已潔。于宋人得一語曰：明月照積雪。爲千古詠雪之式。

始作鎮軍參軍經曲阿作

弱齡寄事外，委懷在琴書。被褐欣自得，屢空常晏如。時來苟冥會，宛轡憩通衢。投策命晨裝，暫與園田疎。眇眇孤舟逝，綿綿歸思紆。我行豈不遙，登降千里餘。目倦川途異，心念山澤居。望雲慚高鳥，臨水愧游魚。真想初在襟，誰謂形迹拘。聊且憑化遷，終返班生廬。班固幽通賦曰：終保己而貽則，止里仁之所廬。

辛丑歲七月赴假還江陵夜行塗中作

閑居三十載，遂與塵事冥。詩書敦宿好，林園無俗情。如何捨此去，遙遙至南荊。叩枻新秋月，臨流別友生。涼風起將夕，夜景湛虛明。昭昭天宇闊，皛皛川上平。懷役不遑寐，中宵尚孤征。商歌非吾事，依依在耦耕。投冠旋舊墟，不爲好爵縈。養真衡茅下，庶以善自名。

桃花源詩 并記

晉太元中，武陵人捕魚爲業。緣溪行，忘路之遠近。忽逢桃花林，夾岸數百步，中無雜樹，芳草鮮美，落英繽紛。漁人甚異之，復前行，欲窮其林。林盡水源，便得一山，山有小口，髣髴若有光，便捨船從口入。初極狹，纔通人，復行數十步，豁然開朗。土地平曠，屋舍儼然，有良田美池桑竹之屬，阡陌交通，鷄犬相聞。其中往來種作，男女衣著，悉如外人，黄髮垂髫，並怡然自樂。見漁人，乃大驚，問所從來，具答之。便要還家，設酒殺鷄作食。村中聞有此人，咸來問訊。自云先世避秦時亂，率妻子邑人，來此絶境，不復出焉，遂與外人間隔。問今是何世，乃不知有漢，無論魏晉。此人一一爲具言所聞，皆嘆惋。餘人各復延至其家，皆出酒食。停數日，辭去。此中人語云，不足爲外人道也。既出，得其船，便扶向路，處處誌之。及郡下，詣太守説如此。太守即遣人隨其往，尋向所誌，遂迷不復得路。南陽劉子驥，高尚士也，聞之，欣然規往，未果，尋病終，後遂無問津者。

嬴氏亂天紀，賢者避其世。黄綺之商山，伊人亦云逝。往迹浸復湮，來徑遂蕪廢。相命肆農耕，日入從所憩。桑竹垂餘蔭，菽稷隨時藝。春蠶收長絲，秋熟靡王税。荒路曖交通，鷄犬互鳴吠。俎豆有古法，衣裳無新製。童孺縱行歌，斑白歡游詣。草榮識節和，木衰知風厲。雖無紀曆誌，四時自成歲。怡然有餘樂，于何勞智慧。奇蹤隱五百，一朝敞神界。淳薄既異原，旋復還幽蔽。借問游方士，焉測塵囂外。願言躡輕風，高舉尋吾契。此即羲皇之想也，必辨其有無，殊爲多事。

歸田園居五首

少無適俗韻，性本愛丘山。誤落塵網中，一去三十年。羈鳥戀舊林，池魚思故淵。開荒南野際，守拙歸園田。方宅十餘畝，草屋八九間。榆柳蔭後簷，桃李羅堂前。曖曖遠人村，依依墟里烟。狗吠深巷中，鷄鳴桑樹顛。户庭無塵雜，虚室有餘閑。久在樊籠裏，復得返自然。

野外罕人事，窮巷寡輪鞅。白日掩荆扉，虚室絶塵想。時復墟曲中，披草共來往。相見無雜言，但道桑麻長。桑麻日已長，我土日已廣。常恐霜霰至，零落同草莽。

種豆南山下，草盛豆苗稀。晨興理荒穢，帶月荷鋤歸。道狹草木長，夕露沾我衣。衣沾不足惜，但使願無違。

久去山澤游，浪莽林野娛。試攜子姪輩，披榛步荒墟。徘徊丘壠間，依依昔人居。井竈有遺處，桑竹殘朽株。借問采薪者，此人皆焉如。薪者向我言，死没無復餘。一世異朝市，此語真不虛。人生似幻化，終當歸空無。

悵恨獨策還，崎嶇歷榛曲。山澗清且淺，遇以濯我足。漉我新熟酒，隻雞招近局。日入室中闇，荆薪代明燭。歡來苦夕短，已復至天旭。儲、王極力擬之，然終似微隔。厚處朴處，不能到也。

與殷晉安别

殷先作晉安南府長史掾，因居潯陽，後作太尉參軍，移家東下，作此

以贈。

游好非久長，一遇盡殷勤。信宿酬清話，益復知爲親。去歲家南里，薄作少時鄰。負杖肆游從，淹留忘宵晨。語默自殊勢，亦知當乖分。未謂事已及，興言在兹春。飄飄西來風，悠悠東去雲。山川千里外，言笑難爲因。才華不隱世，江湖多賤貧。脱有經過便，念來存故人。參軍已爲宋臣矣，題仍以前朝官名之，題目便不苟且。○「才華不隱世」，何等周旋。所云故者無失其爲故也，即此見古人忠厚。

古詩源卷九

晉詩

◎陶潛

乞食

饑來驅我去，不知竟何之。行行至斯里，叩門拙言辭。主人解余意，遺贈豈虛來。談諧終日夕，觴至輒傾杯。情欣新知歡，言詠遂賦詩。感子漂母惠，愧我非韓才。銜戢知何謝，冥報以相貽。不必看作設言愈妙。○結言厚道，少陵受人一飯，終身不忘，俱古人不可及處。

諸人共游周家墓柏下

今日天氣佳，清吹與鳴彈。感彼柏下人，安得不爲歡。清歌散新聲，緑酒開芳顏。未知明日事，余襟良已殫。

移居二首

昔欲居南村，非爲卜其宅。聞多素心人，樂與數晨夕。懷此頗有年，今日從茲役。敝廬何必廣，取足蔽床席。鄰曲時時來，抗言談在昔。奇文共欣賞，疑義相與析。

春秋多佳日，登高賦新詩。過門更相呼，有酒斟酌之。農務各自歸，閑暇輒相思。相思則披衣，言笑無厭時。此理將不勝，無爲忽去茲。衣食當須紀，力耕不吾欺。

癸卯歲始春懷古田舍二首

在昔聞南畝，當年竟未踐。屢空既有人，春興豈自免。夙晨裝吾駕，啓塗情已緬。鳥弄歡新節，冷風送餘善。寒竹被荒蹊，地爲罕人遠。是以植杖翁，悠然不復返。即理愧通識，所保詎乃淺。

先師有遺訓，憂道不憂貧。瞻望邈難逮，轉欲志常勤。秉耒歡時務，解顔勸農人。平疇交遠風，良苗亦懷新。雖未量歲功，即事多所欣。耕種有時息，行者無問津。日入相與歸，壺漿勞近鄰。長吟掩柴門，聊爲隴畝民。昔人問《詩經》何句最佳，或答曰：「楊柳依依」。此一時興到之言，然亦實是名句。倘有人問陶公何句最佳，愚答云：「平疇交遠風，良苗亦懷新」。亦一時興到也。

庚戌歲九月中于西田穫早稻

人生歸有道，衣食固其端。孰是都不營，而以求自安。開春理常業，歲功聊可觀。晨出肆微勤，日入負耒還。山中饒霜露，風氣亦先寒。田家豈不苦，弗獲辭此難。四體誠乃疲，庶無異患干。盥濯息簷下，斗酒散襟顔。遥遥沮溺心，千載乃相關。但願長如此，躬耕非所嘆。《移居》詩曰：衣食終須紀，力耕不吾欺。此云「人生歸有道，衣食固其端」，又云「貧居依稼穡」，自勉勉人。每在耕稼，陶公異于晉人如此。

丙辰歲八月中于下潠田舍穫 潠，音巽。

貧居依稼穡，戮力東林隈。不言春作苦，常恐負所懷。司田眷有秋，寄聲與我諧。饑者歡初飽，束帶候鳴雞。揚楫越平湖，泛隨清壑迴。鬱鬱荒山裏，猿聲閑且哀。悲風愛静夜，林鳥喜晨開。曰余作此來，三四星火頹。姿年逝已老，其事未云乖。遥謝荷蓧翁，聊得從君棲。

飲酒

余閑居寡歡，兼比夜已長。偶有名酒，無夕不飲。顧影獨盡，忽焉復醉。既醉之後，輒題數句自娛。紙墨遂多，辭無詮次，聊命故人書之，以爲歡笑爾。

衰榮無定在，彼此更共之。邵生瓜田中，寧似東陵時。寒暑有代謝，人道每如茲。達人解其會，逝將不復疑。忽與一觴酒，日夕歡相持。

積善云有報，夷叔在西山。善惡苟不應，何事空立言。九十行帶索，飢寒況當年。不賴固窮節，百世當誰傳。（伯夷傳大旨，已盡于此，末二句，馬遷所云亦各從其志也。）

道喪向千載，人人惜其情。有酒不肯飲，但顧世間名。所以貴我身，豈不在一生。一生復能幾，倏如流電驚。鼎鼎百年内，持此欲何成。

結廬在人境，而無車馬喧。問君何能爾，心遠地自偏。采菊東籬下，悠然見南山。山氣日夕佳，飛鳥相與還。此中有真意，欲辯已忘言。（胸有元氣，自然流出，稍著痕迹便失之。）

秋菊有佳色，裛露掇其英。泛此忘憂物，遠我遺世情。一觴雖獨進，杯盡壺自傾。日入群動息，歸鳥趨林鳴。嘯傲東軒下，聊復得此生。（遺我遠世情，《陶集》作「遠我遺世情」，從《陶集》爲妥。）

清晨聞叩門，倒裳往自開。問子爲誰與，田父有好懷。壺漿遠見候，疑我與時乖。繿縷茅簷下，未足爲高棲。一世皆尚同，願君汩其泥。深感父老言，稟氣寡所諧。紆轡誠可學，違己詎非迷。且共歡此飲，吾駕不可回。（「稟氣寡所諧」「吾駕不可回」，説得斬絶。）

在昔曾遠游，直至東海隅。道路迥且長，風波阻中塗。此行誰使然，似爲飢所驅。傾身營一飽，少許便有餘。恐此非名計，息駕歸閑居。

故人賞我趣，挈壺相與至。班荆坐松下，數斟已復醉。父老雜亂言，觴酌失行次。不覺知有我，安知物爲貴。悠悠迷所留，酒中有深味。（超超名理。）

少年罕人事，游好在六經。行行向不惑，淹留遂無成。竟抱固窮節，飢寒飽所更。敝廬交悲風，荒草没前庭。披褐守長夜，晨雞不肯鳴。孟公不在茲，終以翳吾情。

羲農去我久，舉世少復真。汲汲魯中叟，彌縫使其淳。鳳鳥雖不至，禮樂暫得新。洙泗輟微響，漂流逮狂秦。詩書復何罪，一朝成灰塵。區區諸老翁，爲事誠殷勤。如何絶世下，六籍無一親。終日馳車走，不見所問津。若復不快飲，空負頭上巾。但恨多謬誤，君當恕醉人。『彌縫』二字，該盡孔子一生。『爲事誠殷勤』五字，道盡漢儒訓詁。〇末段忽然接入飲酒，此正是古人神化處。〇晉人詩，曠達者徵引老莊，繁縟者徵引班揚，而陶公專用《論語》。漢人以下，宋儒以前，可推聖門弟子者，淵明也。康樂亦善用經語，而遜其無痕。

有會而作

舊穀既没，新穀未登。頗爲老農，而值年災。日月尚悠，爲患未已。登歲之功，既不可希。朝夕所資，烟火裁通。旬日已來，始念飢乏。歲云夕矣，慨焉詠懷。今我不述，後生何聞哉？

弱年逢家乏，老至更長飢。菽麥實所羨，孰敢慕甘肥。惄如亞九飯，當暑厭寒衣。歲月將欲暮，如何辛苦悲。常善粥者心，深恨蒙袂非。嗟來何足吝，徒没空自遺。斯濫豈彼志，固窮夙所歸。餒也已矣夫，在昔余多師。

擬古

榮榮窗下蘭，密密堂前柳。初與君别時，不謂行當久。出門萬里客，中道逢嘉友。未言心先醉，不在接杯酒。蘭枯柳亦衰，遂令此言負。多謝諸少年，相知不忠厚。意氣傾人命，離隔復何有。

辭家夙嚴駕，當往志無終。問君今何行，非商復非戎。聞有田子春，節義爲士雄。斯人久已死，鄉里習其風。生有高世名，既没傳無窮。不學狂馳子，直在百年中。田子春名疇，劉虞之臣，虞盡忠漢室，爲公孫瓚所害。疇掃地而盟，誓欲復仇。後瓚已滅，烏桓已破，曹操欲加以封爵，疇不受，至欲自刎以明志。

仲春遘時雨，始雷發東隅。衆蟄各潛駭，草木從横舒。翩翩新來燕，雙雙入我廬。先巢故尚在，相將還舊居。自從分别來，門庭日荒蕪。我心固匪石，君情定何如。

迢迢百尺樓，分明望四荒。暮作歸雲宅，朝爲飛鳥堂。山河滿目中，平原獨茫茫。古時功名士，慷慨争此場。一旦百歲後，相與還北邙。松柏爲人伐，高墳互低昂。頹基無遺主，游魂在何方。榮華誠足貴，亦復可憐傷。

東方有一士，被服常不完。三旬九遇食，十年著一冠。辛苦無此比，常有好容顔。我欲觀其人，晨去越河關。青松夾路生，白雲宿簷端。知我故來意，取琴爲我彈。上弦驚别鶴，下弦操孤鸞。願留就君住，從今至歲寒。辛苦而有好容，所謂身困道亨也。

日暮天無雲，春風扇微和。佳人美清夜，達曙酣且歌。歌竟長嘆息，持此感人多。皎皎雲間月，灼灼葉中華。豈無一時好，不久當如何。

少時壯且厲，撫劍獨行游。誰言行游近，張掖至幽州。饑食首陽薇，渴飲易水流。不見相知人，惟見古時丘。路邊兩高墳，伯牙與莊周。此士難再得，吾行欲何求。首陽易水，托意顯然。

種桑長江邊，三年望當採。枝條始欲茂，忽值山河改。柯葉自摧折，根株浮滄海。春蠶既無食，寒衣欲誰待。本不植高原，今日復何悔。欲言難言，陶公詩根本節目，全在此種。

雜詩

人生無根蒂，飄如陌上塵。分散逐風轉，此已非常身。落地爲兄弟，何必骨肉親。得歡當作樂，斗酒聚比鄰。盛年不重來，一日難再晨。及時當勉勵，歲月不待人。

白日淪西阿，素月出東嶺。遥遥萬里輝，蕩蕩空中景。風來入房户，夜中枕席冷。氣變悟時易，不眠知夕永。欲言無予和，揮杯勸孤影。日月擲人去，有志不獲騁。念此懷悲悽，終曉不能靜。

代耕本非望，所業在田桑。躬親未曾替，寒餒常糟糠。豈期過滿腹，便願飽粳糧。御冬足大布，粗絺以應陽。正爾不能得，哀哉亦可傷。人皆盡獲宜，拙生失其方。理也可奈何，且爲陶一觴。

詠貧士

萬族各有託，孤雲獨無依。曖曖空中滅，何時見餘暉。朝霞開宿霧，衆鳥相與飛。遲遲出林翮，未夕復來歸。量力守故轍，豈不寒與飢。知音苟不存，已矣何所悲。

淒厲歲雲暮，擁褐曝前軒。南圃無遺秀，枯條盈北園。傾壺絕餘瀝，窺竈不見烟。詩書塞座外，日昃不遑研。閑居非陳厄，竊有慍見言。何以慰吾懷，賴古多此賢。

榮叟老帶索，欣然方彈琴。原生納決履，清歌暢商音。重華去我久，貧士世相尋。敝襟不掩肘，藜羹常乏斟。豈忘襲輕裘，苟得非所欽。賜也徒能辯，乃不見吾心。

袁安困積雪，邈然不可干。阮公見錢入，即日棄其官。芻藁有常溫，采莒足朝餐。豈不實辛苦，所懼非饑寒。貧富常交戰，道勝無戚顏。至德冠邦閭，清節映西關。『所懼非飢寒』『所樂非窮通』，二語可書座右。

仲蔚愛窮居，繞宅生蒿蓬。翳然絕交游，賦詩頗能工。舉世無知者，止有一劉龔。此士胡獨然，實由罕所同。介焉安其業，所樂非窮通。人事固以拙，聊得長相從。『劉龔』，劉向之孫。〇不懼飢寒，達天安命，陶公人品，不在季次原憲下，而概以晉人視之，何耶？〇『所樂非窮通』，本《莊子》。

詠荆軻

燕丹善養士，志在報强嬴。招集百夫良，歲暮得荆卿。君子死知己，提劍出燕京。素驥鳴廣陌，慷慨送我行。雄髮指危冠，猛氣衝長纓。飲餞易水上，四座列群英。漸離擊悲筑，宋意唱高聲。蕭蕭哀風逝，淡淡寒波生。商音更流涕，羽奏壯士驚。心知去不歸，且有後世名。登車何時顧，飛蓋入秦庭。凌厲越萬里，逶迤過千城。圖窮事自至，豪主正怔營。惜哉劍術疎，奇功遂不成。其人雖已没，千載有餘情。英氣勃發，情見乎詞。

讀山海經

孟夏草木長，繞屋樹扶疎。衆鳥欣有託，吾亦愛吾廬。既耕亦已種，時還讀我書。窮巷隔深轍，頗迴故人車。歡言酌春酒，摘我園中蔬。微雨從東來，好風與之俱。泛覽周王傳，流觀山海圖。俯仰終宇宙，不樂復何如。觀物觀我，純乎元氣。

擬輓歌詞

荒草何茫茫，白楊亦蕭蕭。嚴霜九月中，送我出遠郊。四面無人居，高墳正嶕嶢。馬爲仰天鳴，風爲自蕭條。幽室一已閉，千年不復朝。千年不復朝，賢達無奈何。向來相送人，各自還其家。親戚或餘悲，他人亦已歌。死去何所道，託體同山阿。即所謂萬歲更相送，聖賢莫能度也。音調彌響，哀思彌深。

◎謝混

游西池

悟彼蟋蟀唱，信此勞者歌。有來豈不疾，良游常蹉跎。逍遥越城肆，願言屢經過。回阡被陵闕，高臺眺飛霞。惠風蕩繁囿，白雲屯曾阿。景昃鳴禽集，水木湛清華。褰裳順蘭沚，徙倚引芳柯。美人愆歲月，遲暮獨如何。無爲牽所思，南榮戒其多。《韓詩》云：伐木廢，朋友之道缺。勞者歌其事，詩人伐木，自苦其事，故以爲文。○《莊子》：庚桑楚謂南榮趎曰：全汝形，抱汝生，無使汝思慮瞀瞀。

◎吴隱之

酌貪泉詩

古人云此水，一歃懷千金。試使夷齊飲，終當不易心。

《晉書》：隱之爲廣州刺史。未至州十里，地名石門，有水曰貪泉，飲者懷無厭之欲。隱之酌而飲之，因賦此詩。及在州，清操愈厲。

◎廬山諸道人

游石門詩

石門在精舍南十餘里，一名障山。基連大嶺，體絶衆阜，闢三泉之會，並立而開流，傾巖玄映其上，蒙形表于自然，故因以爲名。此雖廬山之一隅，實斯地之奇觀，皆傳之于舊俗，而未睹者衆。將由懸瀨險峻，人獸迹絶，逕迴曲阜，路阻行難，故罕經焉。釋法師以隆安四年仲春之月，因詠山水，遂杖錫而游。于時交徒同趣，三十餘人，咸拂衣晨征，悵然增興。雖林壑幽邃，而開塗競進，雖乘危履石，並以所悦爲安。既至，則援木尋葛，歷險窮崖，猿臂相引，僅乃造極，于是擁勝倚巖，詳觀其下，始知七嶺之美，藴奇于此，雙闕對峙其前，重巖映帶其後，巒阜周迴以爲障，崇巖四營而開宇。其中則有石臺、石池，宫館之象，觸類之形，致可樂也。清泉分流而合注，渌淵鏡净于天池。文石發彩，焕若披面。檉松芳草，蔚然光目。其爲神麗，亦已備矣。斯日也，衆情奔悦，矚覽無厭。游觀未久，而天氣屢變。霄霧塵集，則萬象隱形；流光迴照，則衆山倒影。開闢之際，狀有靈焉，而不可測也。乃其將登，則翔禽拂翮，鳴猿厲響。歸雲回駕，想羽人之來儀。哀聲相和，若玄音之有寄。雖髣髴猶聞，而神以之暢。雖樂不期歡，而欣以永日。當其沖豫自得，信有味焉，而未易言也。退而尋之，夫崖谷之間，會物無主，應不以情而開興，引人致深若此，豈不以虛明朗其照，閒邃篤其情耶。並三復斯談，猶昧然未盡。俄而太陽告夕，所存已往，乃悟幽人之玄覽，達恒物之大情。其爲神趣，豈山水而已哉。于是徘徊崇嶺，流目四矚，九江如帶，丘阜成垤。因此而推，形有巨細，智亦宜然，洒喟然嘆宇宙雖遐，古今一契。靈鷲邈矣，荒途日隔。不有哲人，風迹誰存。應深悟遠，慨然長懷。各欣一遇之同歡，感良辰之難再，情發于中，遂共詠之云耳。

超興非有本，理感興自生。忽聞石門游，奇唱發幽情。褰裳思雲駕，望崖想曾城。馳步乘長巖，不覺質有輕。矯首登雲闕，眇若凌太清。端居運虛輪，轉彼玄中經。神仙同物化，未若兩俱冥。一序奇情深理，發而爲文，無禪習氣，亦無文士氣，詩復清灑不滓。

◎惠遠

廬山東林雜詩

崇巖吐清氣，幽岫棲神迹。希聲奏群籟，響出山溜滴。有客獨冥游，徑然忘所適。揮手撫雲門，靈關安足闢。流心叩玄扃，感至理弗隔。孰是騰九霄，不奮沖天翮。妙同趣自均，一悟超三益。高僧詩，自有一種清奥之氣。唐時詩僧以引用内典爲長，便染成習氣，不可嚮邇矣。

◎帛道猷

陵峰采藥觸興爲詩

連峰數千里，修林帶平津。雲過遠山翳，風至梗荒榛。茅茨隱不見，鷄鳴知有人。閒步踐其徑，處處見遺薪。始知百代下，故有上皇民。

◎謝道韞

登山

峨峨東嶽高，秀極沖青天。巖中間虛宇，寂寞幽以玄。非工復非匠，雲構發自然。氣象爾何物，遂令我屢遷。逝將宅斯宇，可以盡天年。

◎趙整

諫歌

秦王堅與慕容垂夫人同輦游後庭，宦官趙整歌云云。堅改容謝之，命夫人下輦。

不見雀來入燕室，但見浮雲蔽白日。

◎無名氏

短兵篇

劍爲短兵，其勢險危。疾逾飛電，回旋應規。武節齊聲，或合或離。電發星騖，若景若差。兵法攸衆，軍容是儀。

獨漉篇

獨漉獨漉，水深泥濁。泥濁尚可，水深殺我。雍雍雙雁，游戲田畔。我欲射雁，念子孤散。翩翩浮萍，得風摇輕。我心何合，與之同并。空床低帷，誰知無人。夜衣錦綉，誰別僞真。刀鳴箾中，倚床無施。父冤不報，欲活何爲。猛虎斑斑，游戲山間。虎欲殺人，不避豪賢。英爽直追漢人。

晉白紵舞歌詩

輕軀徐起何洋洋，高舉兩手白鵠翔。宛若龍轉乍低昂，凝停善睞容儀光。如推若引留且行，隨世而變誠無方。舞以盡神安可忘，晉世方昌樂未央。質如輕雲色如銀，愛之遺誰贈佳人。制以爲袍餘作巾，袍以光軀巾拂塵。麗服在御會佳賓，醪醴盈樽美且淳。清歌徐舞降祇神，四座歡樂胡可陳。

陽春白日風花香，趨步明玉舞瑶璫。聲發金石媚笙簧，羅袿徐轉紅袖揚。清歌流響繞鳳梁，如矜若思凝且翔。轉盼遺精豔輝光，將流將引雙雁行。歡來何晚意何長，明君御世永歌昌。極寫舞態，中忽入『晉世方昌樂未央』『明君御世永歌昌』等句，此樂府體。

淫豫 《國史補》云：蜀之三峽，最號峻急。四月五月尤險，故行者歌之。

淫豫大如馬，瞿唐不可下。淫豫大如象，瞿唐不可上。一作灩豫，峽中之灘也。

女兒子

巴東三峽猿鳴悲，夜鳴三聲淚沾衣。《古今樂録》曰：女兒子，倚歌也。三峽謂廣溪峽、巫峽、西陵峽也。林木高茂，猿鳴至清，行者聞之，莫不懷土。○說猿聲之悲始此。

我欲上蜀蜀水難，蹋蹀珂頭腰環環。

三峽謡 《水經注》曰：峽中有灘，名曰黄牛。巖石既高，江湍紆迴。雖途經信宿，猶望見之，故行者謡云。

朝見黄牛，暮見黄牛。三朝三暮，黄牛如故。四語中寫盡紆迴沿溯之苦。

隴上歌 《晉書》：劉曜圍陳安于隴城，安敗走。曜使將軍平先追之，平斬安于澗曲。安善于撫下，吉凶夷險，與衆共之。及死，隴上爲之歌。

隴上壯士有陳安，軀幹雖小腹中寬。愛養將士同心肝，䯀驄文馬鐵鍛鞍。七尺大刀奮如湍，丈八蛇矛左右盤。十蕩十決無當前，百騎俱出如雲浮。追者千萬騎悠悠，戰始三交失蛇矛。棄我䯀驄竄巖幽，爲我外援而懸頭。西流之水東流河，一去不還奈子何。中極狀其勇，一結悠然，餘哀不盡。○『百騎俱出』二句，見死于敵兵之多，非戰罪也。本詞無，《趙書》有，今從增入。

來羅

鬱金黄花標，下有同心草。草生已日長，人生日就老。

作蠶絲

春蠶不應老，晝夜常懷絲。何惜微軀盡，纏綿自有時。纏綿温厚，不同《子夜》《讀曲》等歌。

休洗紅二章

休洗紅，洗多紅色淺。不惜故縫衣，記得初按茜。人壽百年能幾何，後來新婦今爲婆。

休洗紅，洗多紅在水。新紅裁作衣，舊紅翻作裏。迴黄轉緑無定期，世事返復君所知。『迴黄轉緑』，字極生新，要知是善用經語。

安東平

凄凄烈烈，北風爲雪。船道不通，步道斷絶。

惠帝元康中京洛童謡 見《晉書·五行志》。

南風起兮吹白沙，遥望魯國何嵯峨，千歲髑髏生齒牙。『南風』，賈后字也。『白』，晉行也。沙門，太子小字也。『魯國』，賈謐也。言后與謐爲亂，以危太子，而趙王因釁以篡奪也。

惠帝時洛陽童謡 見《晉書》，明年而石勒反。

鄴中女子莫千妖，前至三月抱胡腰。風俗奢淫過甚，必有兵戈之慘繼之。千秋炯戒也。

惠帝大安中童謡 見《晉書·五行志》：後中原大亂，宗藩多絶，唯琅邪、汝南、西陽、南頓、彭城，同至江東，而元帝嗣統矣。

五馬浮渡江，一馬化爲龍。

綿州巴歌

豆子山，打瓦鼓。揚平山，撒白雨。下白雨，取龍女。織得絹，二丈五。一半屬羅江，一半屬玄武。